FEUER
WERKE
VERLAG

Das Buch

Mia hat von den Verkupplungsversuchen ihrer Freundinnen die Nase gestrichen voll. Um die Sache selbst in die Hand zu nehmen, bucht sie in einer Nacht- und Nebelaktion eine Single-Kreuzfahrt durchs Mittelmeer. Das erweist sich jedoch zunächst als keine wirklich gute Idee, denn die Reise entpuppt sich als „Mallorca auf See". Zu allem Überfluss muss sich Mia ihre Kabine auch noch mit der Quasselstrippe Nina teilen.

Den Erfolg der Dating-Reise hat Mia eigentlich schon abgeschrieben, als sie von einem heimlichen Verehrer plötzlich kleine, süße Nachrichten erhält, die sie neugierig machen. Ein Katz- & Mausspiel beginnt, denn der mysteriöse Unbekannte scheint sich partout nicht zeigen zu wollen...

Die Autorin

Emma Lots wurde 1979 in München geboren und mit zwei wesentlichen Merkmalen ausgestattet: einem großen Herzen und einem gewissen Maß an Verrücktheit. Um beispielsweise den Wunsch nach der eigenen Wohnung während des Grafik-Studiums zu realisieren, nahm sie an einem Radio-Gewinnspiel teil und lebte 16 Tage in einem Spielzeughaus im Schaufenster eines bekannten Möbelhauses. Voller Ideen gilt ihre Liebe dem Schreiben und Malen. Sie ist Autorin von diversen Kinderbüchern und begeisterte Illustratorin.

Der humorvolle Liebesroman *SOS – Liebe kann schwimmen* ist nach dem Bestseller *Telefonseelsorge – Liebe hat eine lange Leitung* ihr zweiter Roman in diesem Genre.

SOS – Liebe kann schwimmen

Emma Lots

Mehr zur Autorin finden Sie auf
www.facebook.com/lots.emma/ und
www.feuerwerkeverlag.de/lots/

Abonnieren Sie auch unseren Verlags- und Autoren-Newsletter und erfahren Sie so als Erster von unseren **Neuerscheinungen**, **Autorennews** und exklusiven **Buch-Gewinnspielen**: www.feuerwerkeverlag.de/newsletter/

Originalausgabe Februar 2016

Maracuja GmbH, Laerheider Weg 13, 47669 Wachtendonk
Herstellung: Books on Demand GmbH
Umschlaggestaltung: Sina Elbrecht
Lektorat: Ulrike Jonack
ISBN: 978-3-945362-17-4
Printed in Europe

Kapitelübersicht

Ich mach das selbst

„Hi, ich bin Luis, siebenundzwanzig und mach das hier zum ersten Mal mit.“ Er lächelt verlegen. „Und du?“

Uh, das werden lange sieben Minuten. Mia seufzt innerlich auf. „Ja“, sagt sie, „ich mach das auch zum ersten Mal. Und auch zum letzten Mal.“ Sie schaut ihrem Gegenüber fest in die Augen. Der arme Kerl schluckt nervös. Sie legt nach: „Und jetzt? Willst du wissen, wie lange ich schon Single bin, was ich arbeite und wie mein Haustier heißt?“ Gelangweilt lehnt sie sich zurück und verschränkt demonstrativ die Arme. „Ich stricke leidenschaftlich gerne und in meiner Freizeit züchte ich Meerschweinchen. Ich bin Veganerin, Vorsitzende im Debattierklub und möchte mindestens zehn Kinder.“ *Nächster, bitte!*

Luis blinzelt irritiert und schielt hilfesuchend zum Veranstalter.

„Hör gefälligst auf damit!“, zischt es in Mias Ohr. Mias Freundin Lucy beugt sich zu ihr und sieht ziemlich wütend aus.

„Was mach ich denn?“, pampt Mia trotzig zurück. „Das ist Speeddating – ich kürze das Ganze eben noch mal etwas ab. Turbo-Speeddating, wenn du so willst.“

„Du weißt genau, was ich meine! Jetzt reiß dich zusammen und gib dir einen Ruck, verdammt! Vielleicht ist der eine oder andere ganz nett?“ Sie wirft dem verdattert dreinschauenden Luis ein entschuldigendes Lächeln zu.

„Du hast gesagt, wir gehen etwas trinken! Du hast mich reingelegt! Ich habe überhaupt keinen Bock hier drauf! Das ist doch alles Schwachsinn.“ Mia verdreht die Augen.

„Wärst du denn mitgegangen, wenn ich es dir gesagt hätte? Du lässt einem ja keine andere Wahl!“

Mia schnappt empört nach Luft. „Als ob ich nicht lebensfähig wäre! Ich BRAUCHE keinen Freund! Ich bin zufrieden mit meinem Leben, warum kann das keiner verstehen? Lasst mich doch mit euren verfluchten Kuppelversuchen endlich in Ruhe!“

Luis verfolgt verunsichert die Auseinandersetzung und wirft ab und an einen Blick auf die Zeitanzeige.

„Ich gehe jetzt.“ Geräuschvoll schiebt Mia den Stuhl zurück und steht auf. „Ich hätte erst gar nicht mitmachen sollen.“ Wütend schnappt sie sich ihre Handtasche. „Luis, das liegt nicht an dir.“ Sie lächelt betont freundlich, aber Luis sitzt nur stocksteif da und sieht sie mit großen Augen an. „Du machst das großartig. Weiter so! Bestimmt findest du hier jemanden. Ich muss jetzt meine Meerschweinchen füttern.“ Ohne Lucy noch eines Blickes zu würdigen, stürmt sie hinaus.

Hastig schnappt sich Lucy ihre Jacke und ihre Handtasche, verabschiedet sich mit einem bedauernden Achselzucken von ihrem Gegenüber und folgt Mia nach draußen. „Du bist unmöglich“, schnaubt Lucy, als sie Mia eingeholt hat. „Bockig wie ein kleines Kind.“ Resignierend schüttelt sie den Kopf.

Mia stapft wortlos weiter durch die Nacht, den Blick starr geradeaus gerichtet.

Bei dem Tempo, das Mia vorlegt, hat Lucy Schwierigkeiten, mit ihr Schritt zu halten. „Jetzt komm schon, das war doch nicht böse gemeint.“ Ihr Tonfall wird versöhnlich, aber Mia reagiert nicht. Lucy legt die Hand auf Mias Schulter und zwingt sie, stehen zu bleiben. „Jetzt mal im Ernst. Die Sache mit Basti ist jetzt drei Jahre her. Vergiss das Ganze endlich und fang endlich wieder an zu leben!“

Mia saugt die kalte Nachtluft in ihre Lungen und schließt die Augen. „Warum könnt ihr mich denn nicht einfach in Ruhe lassen? Vielleicht bin ich ja gerne Single? Schon mal darüber nachgedacht? Andauernd versucht irgendwer von euch, mich zu verkuppeln! Das NERVT! Wer zum Teufel sagt denn, dass man zum Glücklichsein unbedingt einen Partner braucht?“

„Du. Du hast es mir gesagt. Erst letztes Wochenende, auf dem Junggesellinnenabschied von Maike. Du hast weinend auf meinem Schoß gelegen, weil du dich so einsam fühlst. Wie hast du es so schön formuliert?“ Lucy legt den Kopf zur Seite und tippt sich gespielt nachdenklich an die Lippe. „Weil du nur halb bist.“

Oh. Das war ungut. Das erklärt, was während des kleinen Blackouts passiert war. *Mist.* Schuldbewusst lässt Mia den Kopf hängen. „Entschuldigung. Daran … Daran kann ich mich gar nicht mehr erinnern. Kommt nicht wieder vor“, brummelt sie verlegen.

Lucy sieht ihre Freundin traurig an. „Darum geht es doch gar nicht. Verdammt, Mia! Du kannst dich jederzeit bei mir ausheulen. Immer. Das weißt du. Ich will doch nur, dass du endlich wieder glücklich bist!“

„Aber ich bin doch …“, setzt Mia an, doch sofort wird sie von ihrer Freundin unterbrochen. „Nein Mia! Bist du nicht! Du bist einsam. Nur weil Basti so mies war, kannst du dich doch nicht für immer verschließen! Du musst diese Mauer um dich herum wieder einreißen. Kein Mann kommt da drüber! Und wenn es einer versucht, dann schießt du ihn, oben angekommen, direkt wieder ab.“

Mia grinst ein wenig. Der Vergleich gefällt ihr. *Da bin ich, dein Held, gekommen, um dich zu retten ... Peng.*

Lucy rüttelt leicht an ihren Schultern. „Ich hab dich lieb und will, dass es dir gut geht! Und wenn das bedeutet, dass ich zu so verkackten Speeddatings mit dir gehen muss, dann tu ich das! Meinst du, Alex hat sich gefreut? Der fand das gar nicht prickelnd, dass seine Freundin zu einer Dating-Veranstaltung geht.“

„Ich hab dich nicht darum gebeten“, murmelt Mia trotzig und schiebt die Hände in ihre Jackentaschen.

„Das weiß ich. Aber wenn man dir keinen Arschtritt verpasst, dann passiert ja gar nichts! Wann hattest du dein letztes Date?“ Herausfordernd blickt sie Mia an.

„Ähm, letzten Mo…“

„Essen mit Arbeitskollegen in der Kantine gilt nicht“, fällt ihr Lucy ins Wort.

„Oh, ähm, dann …“, Mia kaut nachdenklich auf ihrer Unterlippe. „Ach, jetzt weiß ich´s!“ Sie strahlt triumphierend. „Letztes Jahr im Dezember.“ Zufrieden nickt sie bekräftigend. *War gar nicht so schlimm.*

„Mia!“, stößt Lucy genervt aus. „Also erstens haben wir Mai. Das sind sechs Monate, und dann war das Pias Cousin.

Du solltest ihn einen Abend ‚beschäftigen', damit Pia und ihr Freund ausgehen konnten. Das zählt doch nicht als Date!" Lucy tigert vor Mia auf und ab. „Du machst ja den Klosterschwestern Konkurrenz!" Sie bleibt vor Mia stehen. „Wann hattest du das letzte Mal Sex?"

Mia zieht die Augenbrauen hoch und ihr Mund klappt auf. „Das, das … das tut doch gar nichts zur Sache!", stammelt sie.

„Du lässt keine Nähe zu! Keine! So kann es doch nicht weitergehen!" Mia öffnet protestierend den Mund, aber Lucy unterbricht sie sofort. „Das heute war echt eine blöde Idee, das gebe ich zu. Ich wollte dir nichts ‚aufzwingen'. Und ich verstehe auch, dass wir dich nerven. Ehrlich. Es ist DEIN Leben und wir sollten uns da raushalten. Fakt ist aber, dass du so nicht glücklich bist, Mia. Und ich will doch, dass du das bist. Immerhin bist du meine beste Freundin." Sie hebt verzweifelt die Hände und seufzt. „Ich mach dir einen Vorschlag. Wir lassen dich einen Monat komplett in Ruhe. Keiner darf das Thema ansprechen, keiner darf versuchen, dich zu verkuppeln. Nichts. Beziehungsfreie Zone sozusagen. Aber du versprichst mir, dass du diesen Monat nutzt. Dass du mit offenen Augen durchs Leben gehst und auch mal jemanden ansprichst und nicht gleich auffrisst. Und dass du in diesem Monat mindestens EIN Date ausmachst. Ein ernst gemeintes." Sie sieht Mia fest in die Augen. „Wenn das nicht klappt, dann musst du mit mir noch mal zu so einem Speeddating gehen. Okay!?"

Mia runzelt die Stirn. *Immer dieses Kleingedruckte.*

„Ach komm schon. Das ist doch fair …" Lucy grinst erwartungsvoll.

Ergeben hebt Mia die Arme. „Einen Monat."

Lucy nimmt ihre Freundin fest in den Arm und flüstert ihr ins Ohr: „Wenn du deine Mauer nicht selbst einreißt, dann werde ich dafür sorgen, dass es jemand tut.“

Frustriert wirft Mia die Tür hinter sich ins Schloss. Auf dem Heimweg ist ihr Lucys Vorschlag andauernd durch den Kopf gegeistert und jetzt fühlt sie sich schlecht. Bevormundet. Erpresst. *Was bilden sich die anderen eigentlich ein? Dass sie in Amors Auftrag unterwegs sind? Gibt's vielleicht Paybackpunkte für jede unter die Haube gebrachte Frau?*

Ihre Schuhe pfeffert sie in die Ecke und die Jacke wirft sie Richtung Garderobe. *Daneben.* Auf dem Weg ins Bad lässt sie ihre Handtasche im Wohnzimmer einfach auf den Boden fallen. *Alle meine Freundinnen sind vergeben. Und? Ist doch toll! Ist doch großartig!* Mia verzieht ihr Gesicht zu einem übertrieben freundlichen Grinsen. *Alle haben Partner. Und? Reg ich mich darüber auf? Ne.*

Sie schält sich aus ihrer Jeans. *Ich habe mich noch nie über dieses Pärchengebaren in unserer Gruppe beschwert!*

Hüpfend entledigt sich Mia ihrer Socken und schleudert sie in die Ecke im Bad. Gut, okay: Bei Treffen ist es immer ein wenig seltsam, wenn sie als Einzige ohne Partner aufkreuzt. Und Gesellschaftsspiele, die man nur paarweise spielen kann, wurden verbannt. Und auch okay: Silvester ist etwas schwierig. Diese paar Sekunden rund um Mitternacht, in denen sich die Paare schmachtend in den Armen liegen, sich ewige Treue schwören und man selbst den Nachthimmel nach den schönsten Raketen absucht. *Oh, guckt mal, die war doch toll. Hm.* Die paar Sekunden muss man eben aussitzen. *Brauch ich jetzt einen Mann als Eintrittskarte in unseren elitären Freundeskreis?*

Mit Schwung reißt sie sich das Shirt über den Kopf, so dass die Nähte knacksen. *Als ob man ohne Partner nicht überleben könnte.*

Sauer schmeißt Mia den Rest der Kleidung in die Ecke und steigt unter die Dusche. Sie kneift die Augen zusammen und hält ihr Gesicht direkt unter die Brause – das Wasser prasselt ihr wütend ins Gesicht. *Einen Monat Zeit. Die spinnt doch!*

Mia nimmt etwas Wasser in den Mund und spuckt den Strahl gegen die Wand. Wie kommt Lucy eigentlich dazu, über ihr Leben bestimmen zu wollen? Dazu hat sie kein Recht!

„Du hast auf meinem Schoß geheult …" „Das mit Basti ist jetzt drei Jahre her …" – und es tut immer noch so weh! Wie hat er ihr das antun können? Sie hat ihm vertraut. *Nie wieder! Nie wieder!* Nie wieder würde sie zulassen, dass sie jemand so verletzt.

Und plötzlich kann sie sich nicht mehr kontrollieren. Aus ihrer Kehle dringt ein Schluchzer und heiße Tränen strömen über ihr Gesicht. Mia kauert sich in die Duschwanne und weint. Hier unten ist auch das Wasser nicht mehr wütend.

Mia fröstelt. Sie fühlt sich leer und erschöpft. Sie stellt das Wasser ab, steigt aus der Dusche und zieht die Nase hoch. *Verstopft.* Leise seufzend hangelt sie nach ihrem Handtuch. Ihre Hände sind so schrumpelig wie die einer 100-jährigen Frau. *Jetzt siehst du aus, wie du dich fühlst.*

Als sie sich bückt, um die Beine abzutrocknen, beginnen ihre Schläfen wie wild zu pochen. Warum hat die Natur das so eingerichtet? Man weint, weil es einem schlecht geht – und vom Weinen bekommt man dann auch noch Kopfschmerzen! *Immer noch mal nachtreten. Danke Natur!*

In ein Handtuch gewickelt setzt sich Mia auf ihr Bett und schaltet den Fernseher ein. Sie lässt sich in ihr Kissen sinken und zappt lustlos von einem Sender zum nächsten. *Nur Mist.*

Gerade als sie ausschalten will, fällt ihr Blick auf ein Schiff, das auf dem Meer in den Sonnenuntergang fährt. Nächste Einstellung: Strahlende Gesichter, Menschen, die sich umarmen, sich küssen, tanzen. „Sind Sie alleine?“, kommt die Stimme aus dem Off. „Sind Sie einsam?“ Die Stimme bohrt weiter.

Auch du, mein Sohn Brutus. Noch jemand, der sie verkuppeln will. Mias Finger schwebt über der Umschalttaste.

„Das müssen Sie nicht sein. Nicht mehr! Kommen Sie mit uns, auf eine sagenhafte Reise und treffen Sie vielleicht den Menschen, nach dem Sie Ihr Leben lang gesucht haben – mit Singles-in-Love-Reisen haben Sie den perfekten Partner an Ihrer Seite.“

Wer bucht denn extra eine Kreuzfahrt, um jemanden kennenzulernen? Mia stößt einen sarkastischen Schnauber aus, doch die Werbung sieht das anders. „Buchen Sie jetzt!“, empfiehlt sie eindringlich. „Sichern Sie sich heute bis vierundzwanzig Uhr einen Platz für Ihr Glück – nur heute bis vierundzwanzig Uhr zum Spartarif für nur 849 Euro! Durchkreuzen Sie sieben Tage lang mit Gleichgesinnten das Mittelmeer und finden Sie auf dieser Traumreise Ihren Traumpartner! Nur heute zum absoluten Sonderpreis von 849 Euro!“

Ist es das Schnäppchenjäger-Gen der Frauen oder die Überzeugungskraft der Sprecherin? Mia könnte es nicht sagen. Jedenfalls stellt sie den Ton ab und tippt wie in Trance die eingeblendete Rufnummer in ihr Handy. Es tutet.

„Singles-in-Love-Reisen, hier spricht Tina Bauer, was kann ich für Sie tun?“

Mia umklammert nervös ihr Handy. „Äh, ja, hallo, hier ist Mia Lockner, ich, äh … ist es überhaupt noch vor vierundzwanzig Uhr?“

„Ja, zehn Minuten vor.“ Die Dame am Telefon lacht. „Ich gehe davon aus, Sie haben unser Angebot im Fernsehen gesehen?“

„Ja, und ich würde gerne buchen.“ *Will ich?*

„Okay, Frau Lockner. Mia Lockner.“ Die Frau tippt hörbar den Namen in ihren Computer. „Der Reisezeitraum wäre vom zwanzigsten Juni bis siebenundzwanzigsten Juni. Passt das für Sie? Es gäbe dann noch eine weitere Kreuzfahrt, die findet dann aber erst Ende August statt.“

„Nein, ich nehm’ die im Juni, das bekomm’ ich hin.“ Mia kaut nervös auf ihrer Lippe. „Ist das All Inklusive?“

„Ja, bei diesem Angebot ist alles dabei. Die genauen Details zur Reise schicke ich Ihnen dann zu. Ich bräuchte dann noch von Ihnen die Anschrift, die E-Mail-Adresse und das Geburtsdatum.“

Artig rattert Mia ihre Angaben herunter.

„Gut, Frau Lockner, dann bekommen Sie die nächsten Tage auf Ihre E-Mail-Adresse die Informationen zur Anreise, zur Reise selbst sowie die Rechnung zugeschickt. Bitte überweisen Sie den Betrag dann zeitnah, es geht ja auch bald los! Dann wünschen wir Ihnen, dass all Ihre Träume in Erfüllung gehen."

Mia verdreht die Augen. *Das muss die bestimmt sagen. Steht im Leitfaden für Dating-Agenturen.* „Äh, ja. Vielen Dank. Wiederhören." Mia legt auf und lässt die Hand sinken. *So. Eine Single-Kreuzfahrt. Jetzt soll noch einer sagen, ich hätte es nicht versucht.* Egal was in diesem Urlaub passieren wird, ihren Teil der Abmachung hat sie definitiv erfüllt. Und vielleicht würde sie dort tatsächlich jemanden kennenlernen? Ihr Bauch kribbelt vor Aufregung. Immerhin ist da ein Haufen Verzweifelter, eingepfercht auf einem Schiff über sieben Tage. So viel Auswahl gibt es sonst nirgendwo. *Gott hat in sieben Tagen die Welt erschaffen, dann werde ich es doch hinbekommen, in sieben Tagen einen Mann kennenzulernen! Jetzt muss ich nur noch den Urlaub kriegen. Hm.* Mia schickt eine WhatsApp-Nachricht an Lucy: »Hab's jetzt selbst in die Hand genommen. Du kannst stolz auf mich sein. Erzähl ich dir morgen. Trommel die Mädels zusammen, wir treffen uns um acht im Jojos. Gute Nacht, Nervensäge«.

Mia nimmt die Kontaktlinsen aus den Augen und schaltet den Fernseher aus. Der Baum vor dem Fenster, angeleuchtet durch die Straßenlaterne, wirft sanft schwankende Schatten an die Zimmerdecke. Sie beobachtet die dunklen, unscharfen Formen, die sich wabernd hin und her bewegen. Mia gähnt. Ihre Küchenuhr schlägt Mitternacht. *Geisterstunde. Passt ja. Bin auch von allen guten Geistern verlassen.*

Als Mia nach der Arbeit kurz nach acht das Jojos betritt, sitzen ihre Freundinnen bereits an ihrem Stammtisch und amüsieren sich. „Da bist du ja endlich!", ruft Lucy fröhlich, als sie Mia erblickt. „Wir raten gerade, welches Geheimnis du gleich lüften wirst. Also Pia meint, du hättest dir einen Callboy gebucht."

Franzi, die Schüchternste von allen, kichert vor sich hin. „Das hast du nicht, oder?"

Mia umarmt eine nach der anderen und schüttelt seufzend den Kopf. „Nein, ich habe mir keinen Callboy gebucht. Aber nette Idee! Warum habt ihr das eigentlich noch nicht für mich? Ihr seid doch sonst so einfallsreich."

Pia zieht die Stirn kraus. „Zu teuer. Gut, also kein Callboy. Was ist es dann?"

„Jetzt lasst Mia doch erst mal ihren Mantel ausziehen! Ihr seid ja schlimmer als ein Hühnerhaufen ", lacht Lucy und schiebt Mia entschuldigend ein Glas Prosecco über den Tisch. „Mädels …" Sie schnalzt missbilligend mit der Zunge.

Mia nimmt dankend einen Schluck. Als sie das Glas absetzt, sieht sie in drei erwartungsvolle Gesichter.

„Und?" Lucy beugt sich gespannt nach vorn.

Mia atmet tief durch. „Also, ich habe euch was zu sagen … Wie euch Lucy bestimmt schon erzählt hat, ist der gestrige Abend nicht so toll gelaufen. Wer von euch wusste von dem Speeddating?"

Die Mädels sehen sich verlegen an.

„Also alle." Mia nickt. „Das habe ich befürchtet."

„Wir haben es gut gemeint …", setzt Franzi entschuldigend an.

„Ja, das tut ihr immer", unterbricht Mia. „Aber es nervt. Und ich will das nicht mehr."

Die gute Stimmung ist verflogen und es herrscht betretenes Schweigen.

„Andauernd versucht ihr, mich zu verkuppeln!“

„Was heißt andauernd …“, bemüht sich Lucy, die Anschuldigung abzuschwächen und die Situation zu entschärfen.

„Erinnert ihr euch an die Autoaufkleberaktion?“ Fragend blickt Mia in die Runde.

„Ja! Pia hat dir einen ‚Ich bin Single‘-Aufkleber auf den Kofferraum geklebt und ganz viele Männer haben dich angehupt und dir Lichtzeichen gegeben!“ Franzi kichert wieder.

„Ich bin in die Werkstatt gefahren, weil ich dachte, mein Auto wäre kaputt. Der Check hat mich dreißig Euro gekostet“, antwortet Mia trocken.

Franzi senkt den Kopf und errötet.

„Ja, gut. Das war eine blöde Idee“, gibt Lucy zu.

„Und Peter? Den ihr an Silvester bei mir ‚abgestellt‘ habt? Dem ihr gesagt habt, ich fände ihn ‚interessant‘?“ Mias Stimme hebt sich.

Wieder betretene Blicke.

„Der hat mir eine Stunde von seiner Ameisenzucht erzählt!“ *Ameisen können das Hundertfache ihres eigenen Gewichts tragen.*

„Ich wusste nicht, dass er Ameisen hat …“, brummt Pia verlegen.

„Es geht gar nicht um die Ameisen! Es geht darum, dass ihr andauernd für mich entscheidet, was gut wäre!“ Mia sieht ihre

Freundinnen an, aber bis auf Lucy weichen sie schuldbewusst ihrem Blick aus.

„Wir wollen doch nur helfen …“, versucht Lucy sich zu rechtfertigen.

„Das weiß ich. Ehrlich. Aber ich will keine Hilfe mehr!“ Mia faltet bittend die Hände. Lucy öffnet protestierend den Mund, aber Mia kommt ihr zuvor. „Ich habe euch nicht herbestellt, um nur Dampf abzulassen.“ Lucys Mund klappt wieder zu. „Um mich vor eurer Hilfe zu schützen, hab ich das jetzt selbst in die Hand genommen.“ Feierlich hebt Mia ihr Glas und zögernd prosten die Mädels ihr zu.

„Und was genau hast du gestern getan?“, fragt Pia vorsichtig.

„Eine Single-Kreuzfahrt gebucht“, lässt Mia die Bombe platzen.

„Eine was?“, tönt es fast zeitgleich aus allen Mündern.

„Eine Single-Kreuzfahrt gebucht“, wiederholt Mia stolz.

Lucy ist die Erste, die ihre Sprache wiederfindet. „Wie bist du denn darauf gekommen?“

„Durch einen Werbespot. Ich habe die Nummer angerufen, telefonisch reserviert und am zwanzigsten Juni geht es los. Sieben Tage durchs Mittelmeer schippern.“ Sie grinst.

„Am zwanzigsten? Das ist ja schon in einer Woche!“, stößt Franzi überrascht aus. „Bekommst du überhaupt frei?“

„Alles schon geklärt. Ich habe so viele Überstunden – mein Chef konnte gar nicht anders, als mir den Urlaub zu genehmigen. Ich gehe auf Seereise, Mädels!“

„Allein?“, fragt Franzi entgeistert.

„Nein, mit meinem Freund.“ Mia verdreht die Augen. „Natürlich allein. Was denkst du denn? Das ist ja der Sinn und Zweck des Ganzen. Alleine hin – und zu zweit zurück. Hach, ich hätte Werbetexter werden sollen.“ Sie lacht übermütig.

„Auf solchen Kreuzfahrten soll es ganz schön zugehen“, wirft Pia ein. „Ich hab da mal eine Doku gesehen. Viele fahren da nur mit, um zu feiern, zu saufen und rumzuvögeln.“

Lucy gibt Pia unter dem Tisch einen Tritt. „Au!“ Pias Augen funkeln böse.

„Also ich finde es echt klasse. Und mutig. Das wird bestimmt ein toller Urlaub.“ Lucy ignoriert Pias sauren Blick und lächelt Mia aufmunternd an. „Von wo startet das Schiff?“

„Von Venedig aus“, antwortet Mia gedehnt. Ihre Euphorie beginnt zu wanken und schlägt so langsam aber sicher in Panik um. *Feiern und rumvögeln? Vielleicht war das der Ballermann in Bootsform? Nicht durchdacht, Mia, nicht recherchiert! Gar nicht gut ...*

„Der zwanzigste ist ein Samstag, oder?“, unterbricht Lucy ihre Gedanken.

Mia nickt.

„Dann fahr ich dich hin.“

„Echt?“, fragt Mia erleichtert. Mit Lucy im Gepäck fühlt sie sich gleich sicherer.

„Na klar! So ein Kurztrip nach Venedig – das wird sicher lustig. Vielleicht nehme ich Michi mit und wir bleiben eine Nacht. Venedig ist so toll! Und außerdem kann ich dann gleich sehen, mit wem du da so auf dem Meer rumschipperst. Wer nichts taugt, landet gleich im Hafenbecken.“ Lucy hebt ihr Glas. „Dann ein ‚Ahoi!‘ für unsere Mia! Auf dass Amor nicht seekrank wird!“ Lachend prosten sich die Mädels zu.

Oder auf dass ich Amor nicht über die Planke schicke ... Noch eine Woche, um sich mental auf den Urlaub vorzubereiten. *Komm schon Mia, ab jetzt bist du bereit, dich zu verlieben! Du kannst das! Sind doch nur Männer, oder?*

Das Kleingedruckte

Die Fahrt mit dem Vaporetto und dem Shuttle-Bus zur Statione Marittima ist reibungslos verlaufen, selbst die Gepäckabgabe am Hafen hat Mia bereits hinter sich gebracht. Nun steht sie in einer Traube fremder Menschen und schwankt zwischen einem Gefühl aus Stolz, weil sie alles alleine so gut gemeistert hat, und Angst vor ihrer eigenen Courage.

Wäre Lucy bis zum Hafen mitgefahren, Mia würde sich wahrscheinlich spätestens jetzt heulend an sie klammern und betteln, sie wieder nach Hause mit zu nehmen. Die Autofahrt über ist ihre Nervosität kontinuierlich angestiegen und mittlerweile hat sie das Gefühl, sich bald übergeben zu müssen. *Das wäre es doch: Hallo, ich bin die Mia – ööörghh. Wahre Schönheit kommt von innen. Und andere Dinge eben auch.*

Wahrscheinlich ist der einzige Grund, warum Lucy angeboten hat, Mia nach Venedig zu fahren, der, dass sie sichergehen wollte, dass Mia nicht kneift. *Lucy schippert wahrscheinlich gerade mit Michi in einer Gondel durch Venedig.* Keiner mehr da, um Mia aufzubauen und ihr gut zuzureden. Oder sie mit nach Hause zu nehmen. *Schlau eingefädelt.*

Mia reiht sich in die Schlange ein, die sich vor den mit Stellgittern geschaffenen Durchgängen im Schatten der MS-

Love gebildet hat, und sieht sich um. Vor und hinter sich kann Mia nur Gruppen ausmachen, die sich lautstark unterhalten. Es brummt wie in einem Bienenstock. Keiner scheint hier allein angereist zu sein. Von Freundinnen bis hin zum Kegelklub ist alles vertreten, nur Mia rückt allein wortlos in der Schlange Stück für Stück auf. *Toll. Noch gar nicht an Bord und schon die Außenseiterrolle.*

Sie wirft einen Blick auf das majestätische Kreuzfahrtschiff, das direkt vor ihr aufragt. Unter all den vor Anker liegenden Schiffen erkennt man die MS-Love sofort. Nicht, weil es eines der größten Kreuzfahrtschiffe im Hafen ist, sondern weil am Bug ein riesengroßes, kirschrotes Herz prangt.

Mia legt den Kopf schief. *Bisschen arg kitschig.*

Am Eingang kontrollieren zwei uniformierte Männer die Bordkarten und Ausweise. Wer durchgewunken wird, steigt die mit rotem Teppich ausgelegte Treppe zum Schiff hinauf. *Ein klein wenig wie die Arche Noah. Männlein und Weiblein.* Hinter ihr rülpst ein Mann und Lacher ertönen. *Oh: Und Affen.*

In Tippelschrittchen geht es vorwärts und Mia beäugt neugierig die anderen Passagiere. *Also an Quantität mangelte es hier nicht.*

„Einer geht noch, einer geht noch rein …", grölt es von der Männergruppe weiter hinten.

Aber an Qualität. Sie wirft einen vorsichtigen Blick über ihre Schulter.

Die Männer stoßen gerade mit kleinen Schnäpsen an. „Auf sieben Tage vögeln!" Alle brüllen zustimmend und klatschen sich ab.

Na toll! Ballermann-Touristen. Noch kannst du umdrehen. Ich hab die Abfahrt verpasst. Greenpeace hat das Schiff gekapert. Es ist vor meinen Augen gesunken, ehrlich. Mia strafft ihren Rücken. *Nein, das zieh ich jetzt durch.* Immerhin hat sie bereits den ein oder anderen aufrecht gehenden, nicht betrunkenen und durchaus vorzeigbaren Mann gesehen. *Es gibt Hoffnung.*

„Willkommen an Bord. Ihr Ticket, bitte.“ Die gut gebräunte Stewardess prüft kurz Mias Unterlagen, überfliegt ihre Liste und setzt lächelnd ein Häkchen auf ihren Block. „Da sind Sie ja. Also Frau Lockner, Sie sind auf Deck zwei untergebracht, Außenkabine Nummer 417. Am besten nehmen Sie den Fahrstuhl dort hinten.“ Die Stewardess macht kurze wegweisende Handbewegungen. „Ihr Gepäck ist bereits in Ihre Kabine gebracht worden und wie ich sehe, hat auch Ihre Zimmergenossin bereits eingecheckt. Die Dame heißt Frau Pracht. Ich wünsche Ihnen einen angenehmen Aufenthalt.“ Sie hält Mia die Schlüsselkarte hin.

„Zimmergenossin? Ähm, da liegt ein Irrtum vor, ich reise allein“, antwortet Mia verdattert und macht keine Anstalten, die Zimmerkarte entgegen zu nehmen.

Die Stewardess wirft einen erneuten Blick auf ihre Unterlagen und lächelt Mia dann wieder freundlich an. „Kein Irrtum. Sie haben ein Doppelzimmer gebucht. Sie können gerne Ihre Reiseunterlagen durchsehen.“ Sie drückt Mia die Zimmerkarte in die Hand und beugt sich zur Seite. „Die Nächste bitte.“

„Ähm, Entschuldigung …“ Die nächste Passagierin ist vorgetreten, aber Mia drängt sie zur Seite und schiebt sich wieder ins Blickfeld der Stewardess. „Das muss aber ein Irrtum sein! Könnten Sie nochmal nachsehen?“

Die Stewardess lächelt nun nicht mehr ganz so freundlich. „Das Sonderangebot, das Sie gebucht haben, gilt nur für eine Doppelkabine, und Sie wurden bei Ihrer Buchung darauf hingewiesen, dass Sie – wenn Sie alleine anreisen – sich das Zimmer mit jemandem teilen.“

„Das … das hat mir die Dame am Telefon aber nicht gesagt!“, stottert Mia unbeholfen und legt die Schlüsselkarte zurück auf den Tisch.

Die Stewardess seufzt. „Im Werbespot wurde es eingeblendet. Und spätestens in Ihren Reiseunterlagen hätten Sie es doch lesen müssen.“ Sie schiebt Mia die Zimmerkarte hin und winkt die nächste Passagierin wieder zu sich, die aber zögert, da Mia wie angewurzelt vor dem Tisch stehen bleibt.

Das Kleingedruckte. Da ist es wieder. Wenn ich die Unterlagen gelesen hätte. „Ist das Schiff denn ausgebucht? Ich meine, können Sie mir vielleicht ein anderes Zimmer geben? Eine Einzelkabine? Ein Upgrade? Ich bezahl das auch!“ *Im Maschinenraum ist doch sicher was frei.*

„Tut mir leid – wir sind ausgebucht.“ Die Stewardess versucht erst links, dann rechts an Mia vorbei zu sehen. „Würden Sie dann bitte …“ Sie wedelt mit der Hand. „Unsere anderen Gäste möchten auch einchecken.“

Irritiert nimmt Mia die Karte und tritt ein Stück zur Seite. Verzweifelt überfliegt sie die Unterlagen, dann zieht sie ihr Handy aus der Tasche.

„Lucy? Wo bist du?“ Ihr ist zum Heulen zumute. „Bist du in Venedig?“

„Wir sind gerade beim Essen! Ist was schief gelaufen?"

Es tut so gut, Lucys Stimme zu hören. „Die haben mich in eine Zweier-Kabine gesteckt! Mit irgendeiner Frau Pracht!" Stille. „Bist du noch dran?"

„Jaja! Ich bin noch dran … Ich meine, das dürfen die gar nicht. Geh zum Veranstalter und beschwer dich! Die können dich nicht plötzlich umbuchen."

„Naja, also ich hab die Unterlagen wohl nicht ordentlich gelesen, ich … Also, das steht da anscheinend drin, dass man in Zweier-Kabinen untergebracht wird", gibt Mia zerknirscht zu.

„Boah Mia! Das gibt es doch nicht! Du hast dir die Unterlagen nicht durchgelesen?"

Sie kann hören, wie Lucy ihre Augen verdreht. Um 180 Grad.

„Und? Ist deine Zimmergenossin so ätzend? Vielleicht kannst du ja wenigstens mit jemandem die Kabine tauschen."

„Keine Ahnung. Ich war noch nicht in meinem Zimmer." Wieder Stille. „Lucy?" Sie prüft den Empfang. Vier Balken.

„Du warst noch nicht einmal in deinem Zimmer? Mann, Mia! Vielleicht ist die total nett? Du schaust dir deine Frau Pracht erst einmal an! Hör auf, dir immer gleich alles schlechtzureden!"

„Ich rede nicht alles schl…", weiter kommt sie nicht.

„Es kann doch total lustig sein, sich mit jemandem ein Zimmer zu teilen! Ihr könnt quatschen und zusammen zum Essen, abends zum Tanzen …"

Mia kaut auf ihrer Unterlippe. „Du hast ja recht. Okay." Sie seufzt und lässt die Schultern hängen. „Dann geh ich jetzt auf mein Zimmer und später schreibe ich dir, wie meine Frau Pracht so ist. Bestimmt prachtvoll." Sie lächelt schief und im Augenwinkel bemerkt sie, wie ihr die Stewardess triumphierende Blicke zuwirft.

„Das wird ein toller Urlaub. Jetzt entspann dich endlich und genieß die Zeit." Lucys Stimme wird ruhiger. „Kopf hoch, ich hab dich lieb!"

„Ich hab dich auch lieb. Ich schreib' dir später." Mia legt auf und schluckt den Kloß runter, der sich in ihrem Hals gebildet hat. Sie kippt ihren Rollkoffer und marschiert zu den Aufzügen.

402. 404. Also auf der anderen Seite. Mias Blick wechselt auf die gegenüberliegende Wand und sucht nach ihrer Zimmernummer. Der Gang ist hell gestrichen und alle paar Meter sind Lampen angebracht, dennoch hatte der Gang – so ganz ohne Fenster – eine beklemmende Wirkung. *Nicht an die Titanic denken! Im Mittelmeer gibt es keine Eisberge.*

415. 417. Mia stoppt und zieht die Zimmerkarte aus der Tasche. *Und wenn die sich nun gerade umzieht und nackt durch das Zimmer springt?* Mia steckt die Karte zurück und klopft zögerlich an. *Jetzt klopf ich schon an meiner eigenen Zimmertür.* Nichts. Mia klopft energischer und lauscht. *Da drinnen ist doch jemand?*

Gerade als sie mit der Faust dagegen hämmern will, öffnet sich die Tür abrupt und Mia zuckt erschrocken zurück.

Vor ihr steht eine circa fünfundzwanzigjährige, zierliche blonde Frau und grinst sie Kaugummi kauend an. „Hi, ich bin Nina!" Sie zieht sich die Stöpsel aus dem Ohr und streckt Mia die Hand hin. „Komm rein!"

Auf dem Boden liegt ein geöffneter Koffer und über das ganze Doppelbett – DOPPELBETT! – verstreut liegen Klamotten. Gut, Klamotten ist übertrieben. Reststücke Stoff, die mal Kleidung werden wollen. Wenn sie groß sind. Neben dem Bett steht Mias Koffer. Ungeöffnet. *Hoffentlich.*

„Ich schlaf auf der rechten Seite. Ich muss immer nah an der Tür liegen, ist so ein Fluchtinstinkt, glaub ich."

Flüchten ist eine gute Idee. Mia nickt kaum merklich, während ihr Blick durch die Kabine gleitet. Der Raum ist winzig, kaum dass man um das Bett herumgehen kann. Ein eingebauter Schrank, eine kleine Sitzgruppe und eine Tür, die wahrscheinlich ins Badezimmer führt. Das war's. Ach ja, und dann natürlich noch das Doppelbett.

„Wir haben sogar ein Fenster!" Nina wippt mit den Augenbrauen und zeigt auf ein Loch in der Zimmerwand, das nicht einmal groß genug ist, um sich von dort aus ins Meer zu stürzen.

„Toll." Zu mehr künstlichem Enthusiasmus ist Mia nicht fähig. Mit spitzen Fingern hebt sie ein paar Fäden – wahrscheinlich String-Tangas, oder vielleicht auch Haarbänder – auf, legt sie ein Stück zur Seite und lässt sich auf die Bettkante sinken. *Das darf doch alles nicht wahr sein!*

Nina, die den sarkastischen Unterton ignoriert, oder nicht bemerkt, strahlt immer noch und stemmt die Hände in die Hüften. „Ja, wir hatten echt Glück mit dem Zimmer." Sie nickt bekräftigend. „Oh, fast vergessen!" Sie zieht unter dem Kleiderstapel ein Blatt hervor. „Um 18 Uhr müssen wir auf Deck 1. Da legen wir ab und danach ist dann die große Begrüßung angesagt. Und das erste gegenseitige

Beschnuppern …“ Sie wirft ihr einen vielsagenden Blick zu. „Wir können ja zusammen gehen, hm?“

„Klar“, antwortet Mia mäßig begeistert.

„Wir werden bestimmt viel Spaß haben!“ Nina klatscht begeistert in die Hände. „Das wird so toll! Willst du deinen Koffer gar nicht ausräumen?“

„Ich … ich mach das nachher.“ Mia starrt ihren Koffer an. Sie kann sich einfach nicht aufraffen. Als ob das Nicht-Ausräumen noch die Option zur Flucht offen halten würde. Wären die Mädels hier – sie würden ihre Meinung teilen. Diese Reise ist eine absolute Schnapsidee, und wahrscheinlich ist das alles hier auch nur mit Schnaps zu ertragen. Ihr fällt ein glitzerndes Papier auf, das neben ihr auf dem Bett liegt. Fragend hebt sie es auf.

„Oh, das war unser Willkommensgeschenk!“ Nina grinst verlegen. „Ich habe leider beide aufgefuttert, aber ich liebe Schokolade und ich hatte so einen Hunger! Du bist mir hoffentlich nicht böse?“, schiebt sie schnell hinterher.

„Nein. Ich hätte sie eh nicht essen wollen.“ Das entspricht sogar der Wahrheit, denn Mias Magen hat vor lauter Aufregung immer noch einen Knoten. „Haben wir keinen Mülleimer?“

„Doch, alles da!“ Stolz zeigt Nina in die Ecke des Zimmers.

Genervt greift Mia nach dem zweiten Schokoladenpapier und trägt beide zum Müll. *Gleich mal von Anfang an Flagge zeigen, nicht dass das hier zur Gewohnheit wird.* Demonstrativ langsam wirft sie die Verpackungen hinein, jedoch ohne die gewünschte Wirkung, denn Nina sieht ihr gar nicht zu.

„Willst du dich nicht umziehen?“ Nina zieht eine Art Kulturbeutel aus dem Seitenfach ihres rosafarbenen Koffers und schüttet den Inhalt auf das Bett.

„Warum? Ich hab doch was an.“

„Neinneinnein, es heißt, sehen und gesehen werden! Wer zuerst kommt …“ Triumphierend hebt Nina ein Paar Ohrringe auf, die eher wie Traumfänger aussehen. „Magst du auch was? Du kannst dir was aussuchen.“ Sie schiebt den Haufen Modeschmuck mit beiden Händen in Richtung Mia.

„Äh, nein, danke. Lieb von dir, aber ich hab’s nicht so mit Schmuck.“ *Vor allem nicht mit Christbaumschmuck, aber vielleicht hänge ich mir ein Paar heute Nacht übers Bett. Gegen die Albträume. Pffft.*

Nina zuckt mit den Schultern und wühlt in dem Schmuckhaufen nach einem weiteren Paar Traumfänger.

Gib ihr eine Chance, hört Mia Lucys Stimme und seufzt. *Ist ja gut.*

Mit den Händen im Schoß sitzt Mia einfach nur auf dem Bett, den geschlossenen Koffer neben sich. *Die kleine Mia möchte bitte von ihrer Mutter abgeholt werden.* „Und?“, versucht sie sich abzulenken. „Was machst du so?“

„Du meinst beruflich?“

Ja? Wenn du denn einen hast.

„Ich bin Friseuse. Aber ich mach nebenbei noch eine Ausbildung zur Kosmetikerin. Schau …“, stolz präsentiert sie Mia ihre bunten, mit Steinchen beklebten Fingernägel, „… selbst gemacht.“

„Oh, äh, toll.“ *Acrylplatten.*

„Wenn du willst, dann mach ich dir auch so was. Du hast echt schöne Nägel.“ Sie streicht über Mias Fingerspitzen. „Die sind schön hart. Und lang. Meine sind künstlich, ich kau sie immer ab. Kleines Laster.“ Sie kichert.

Mia zieht ruckartig die Hände zurück. „Danke. Ja, vielleicht. Wir haben ja noch viel Zeit.“

„Ich geh dann mal, mich hübsch machen. Wie gesagt, der erste Eindruck zählt!“ Beschwingt hüpft Nina ins Bad.

Mia lehnt sich zurück und schließt die Augen. *Ich denke positiv. Ich denke positiv. Alles wird gut.*

„Hast du eigentlich eine Haarbürste dabei? Ich habe meine nämlich vergessen“, ruft Nina aus dem Badezimmer.

„Ja, hab ich“, antwortet Mia nur minder begeistert.

„Kann ich die dann mitbenutzen?“

„Kannst du. Ich lege sie dann einfach ins Bad.“ Mia presst sich ein Kissen aufs Gesicht. *Hoffentlich hast du deine Zahnbürste mit.*

„Oh, ich hab gleich eine kleine Sitzung vor mir, aber ich mach die Lüftung an“, tönt es aus dem Nebenraum. „Hab auf See immer einen nervösen Magen!“

Ach verdammt! So viel zu ‚Alles wird gut‘.

Nasser Empfang

Als Mia Nina durch die Menge folgt, hat sie Mühe, sie nicht aus den Augen zu verlieren. Musik wummert aus den Lautsprechern und das Deck ist hell erleuchtet. Irgendwie hat Mia etwas anderes erwartet. Das hier sieht eher wie eine Freiluftdisco als nach einer Kreuzfahrt aus.

„He, wohin des Weges, Schönheit? Bleib doch hier!", ruft ihr ein sichtlich angetrunkener Mann zu und versucht gleichzeitig, sie anzutanzen. Er strauchelt und Mia nutzt den Augenblick, um ein paar Menschen zwischen sich und diesen Coyote Ugly zu bringen. *Es wird besser. Es muss besser werden. Es kann nur besser werden!*

Plötzlich bleibt Nina stehen und dreht sich um. „Hier ist ein guter Platz. Möchtest du auch eins?" Sie drückt ihr ein Glas Sekt in die Hand und Mia fragt sich, wann Nina das ergattern konnte. Sie nimmt einen Schluck und sieht sich um.

An der Reling und an jedem erdenklichen Platz sind Lichterketten und Strahler angebracht worden. Alles an Deck leuchtet in verschiedenen Farben und so verwandelt sich die feiernde Menge in ein hypnotisches Lichterspiel.

Der Rhythmus der Musik steckt sogar Mia an und so langsam kommt auch sie in Stimmung. Sie bewegt sich zur Musik, fremde Menschen lächeln ihr zu und sie lächelt zurück. Ein Gesicht taucht in der Menge auf, ein Mann, der sein Glas in ihre Richtung erhebt. *Der sieht ganz süß aus! Und steht noch aufrecht!* Sie lacht ihn an und prostet ihm über die Köpfe hinweg zu. *Na also, es wird doch.* In diesem Moment bekommt sie von hinten einen Stoß und der Sekt aus ihrem Glas schwappt ihr über den Kopf. Mia blinzelt irritiert. Das Gesicht des Mannes ist verschwunden.

„Ey, das tut mir total leid, aber ich kann echt nichts dafür", die Frau hinter ihr tätschelt ihr entschuldigend den Arm. „Mich hat jemand geschubst." Sie zuckt mit den Schultern und hält ihr eine Packung Taschentücher hin. „Brauchst du eins?"

Mia starrt auf die Packung, während ihr der Sekt von der Nase tropft.

„Wie siehst du denn aus?" Nina nimmt mit hochgezogenen Augenbrauen ein Taschentuch aus der angebotenen Packung und wischt damit über Mias Gesicht.

„Ich kann das selbst!", zischt Mia wütend und reißt ihr das Tuch aus der Hand. Vorsichtig tupft sie um die Augen, aber der Sekt ist bereits, zusammen mit etwas Schminke, in die Augen gelaufen. Die brennen nun und laufen mit Tränenflüssigkeit voll. *Auauaua.*

„Weinst du?" Nina mustert sie irritiert. „So schlimm ist das doch gar nicht. Das hat die bestimmt nicht mit Absicht gemacht."

„Ich habe Kontaktlinsen. Harte Kontaktlinsen. Meine Augen brennen wie Hölle!"

„Oh! Ach so." Nina legt den Kopf schief und kichert. „Siehst ein bisschen aus wie einer von KISS."

Gerade als Mia etwas erwidern will, erlöschen alle Lichter und die Musik verstummt. *Toll. Kabel nicht lang genug oder Stromrechnung nicht bezahlt.*

Es ist mucksmäuschenstill. Nur ab und zu hört man einen Zwischenruf und Lacher ertönen. Ein paar Strahler bündeln ihre Lichtkegel an einem Punkt oben auf der Brücke. Ein Mann in weißer Uniform tritt ins Licht und hebt beide Arme in den Himmel. *Die Zeugen Jehovas. Sogar hier.*

„Seid ihr gut drauf?", brüllt er ins Mikrofon und die Menge tobt. Immer wieder hebt er auffordernd seine Arme, hält sich die Hand ans Ohr, als könne er nichts hören, und nickt dann zufrieden mit einem breiten Grinsen. Er wartet, bis sich die Menge beruhigt. „Ich bin Dave, Dave Kers, euer Ansprechpartner auf dieser Reise, und ich heiße euch im Namen der gesamten Crew auf der Singles-in-Love herzlich willkommen!"

Lauter Applaus flammt auf.

„Wir werden zusammen sieben Tage quer durchs Mittelmeer schippern. Sieben Tage Entspannung, Urlaub, Party und natürlich …", er macht eine kurze Pause und grinst, „… Herzklopfen vom Allerfeinsten!" Die Menge jubelt und pfeift. Beschwichtigend hebt er die Hände, dann legt er den Zeigefinger an die Lippen und holt ein kleines Kästchen hervor. Sofort wird es ruhig. „Das hier, das wird euer Begleiter sein. Euer Schlüssel zum Glück. Jedem von euch wurde jetzt eines auf euer Bett gelegt." Er dreht das Kästchen lächelnd hin und her. „Hier drin befindet sich eine Art Pager und ein Anstecker. Jeder dieser Pager ist mit einer Nummer versehen. Die dazugehörige Nummer findet ihr auf dem Anstecker, den ihr bitte dann auch immer an eurer Kleidung befestigt. Sonst macht das wenig Sinn.“ Er hält den Pager hoch und schwenkt ihn langsam von links nach rechts.

Ich bin auf einer Kaffeefahrt gelandet! Jetzt schwatzen sie uns Elektroartikel auf. Ich wusste doch, dass da was faul ist. Sonderangebot. Pffft. Mediamarkt – ich bin schön blöd.

„Ihr könnt mit diesem Pager Nachrichten senden und empfangen. Sorry Mädels, aber telefonieren könnt ihr damit nicht.“ Er lächelt entschuldigend die erste Reihe an und einige Lacher ertönen. „Sobald ihr eine Nachricht versendet, wird eure Nummer automatisch als Absender genannt. Anonym bleiben ist also nicht. Und ich sag es auch gleich vorneweg: Wenn jemand meint, dumme, beleidigende Nachrichten verschicken zu müssen, dann kann das ernsthafte Konsequenzen haben. Abgesehen davon könnt ihr auch Nummern sperren lassen. Jeder kann sich nachher seinen Pager im Zimmer abholen und ihn während der gesamten Reise kostenfrei nutzen. Solltet ihr irgendwelche Probleme damit haben, könnt ihr euch natürlich jederzeit an eines unserer Crew-Mitglieder wenden.“

Der Lichtkegel schwenkt auf und rechts und links von Dave stehen aufgereiht die Crewmitglieder. Herausgeputzt in ihren strahlend weißen Arbeitsuniformen lächeln sie breit und winken den Gästen zu. *Teletubbies in Uniform. Winkewinke.*

„Ist er nicht süß?“, flüstert Nina in Mias Ohr. „Den muss ich kennenlernen!“

„Wer? Teleshopping-Dave?“, raunt Mia zurück.

„Pssst.“ Nina kichert verzückt.

„Hier oben an Deck“, erklärt Dave weiter, „gibt es drei Pools, ein Beachvolleyball-Feld und natürlich jede Menge Bars. Speisen werdet ihr in vier verschiedenen Restaurants.

Unter Deck gibt es eine Billard-Halle, einen Fitnessraum, eine Diskothek und für euch Mädels …", er unterbricht seine Rede und wippt grinsend mit den Augenbrauen, „… eine kleine Shoppingmeile."

Die Frauen kichern und manche kreischen entzückt.

„Es ist viel geboten und es gibt viel zu entdecken! Noch eine kurze Information für euch: Ihr werdet bei jedem Abendessen euren Sitzplatz anhand einer Nummer ziehen, damit hier jeder die Möglichkeit bekommt, auch andere Gäste kennenzulernen."

Toll, russisches Roulette.

„Eine Bitte habe ich noch: Wir haben ein Kamera-Team an Bord, das eine Doku über uns drehen möchte. Wenn ihr das Team unterstützen könntet, wäre das großartig. Danke." Hundeblick. Kopfnicken. „Wir werden eine verdammt gute Zeit haben!" Er hebt sein Glas und macht eine kurze Pause. Dann brüllt er plötzlich: „Holt eure Pager und dann ab an die Bars! Lasst uns feiern!" Die Menge grölt und strömt Richtung der Schlafkabinen.

Mia sitzt auf dem Bett und dreht den Anstecker in Herzform unschlüssig hin und her. *Nummer 13. War ja klar. Und wenn ich an Deck gehe, läuft mir bestimmt eine schwarze Katze über den Weg*. Misstrauisch betrachtet sie das ‚Willkommensgeschenk'. „Dieses Ding soll ich jetzt den kompletten Urlaub durch an meiner Kleidung tragen?"

„Natürlich! Das ist doch total lustig! Also ich finde diese Idee klasse. Und: Ich finde das Herzchen total süß!" Nina ist gerade dabei, sich ihren Anstecker mit der Nummer 194 an ihr Oberteil zu stecken.

„Also ich weiß nicht. Das hat irgendwie was von Gefängnisnummern für die Insassen." Sie legt den Anstecker beiseite und nimmt den Pager in die Hand. Das Ding sieht aus wie ein Handy für ältere Leute: Ein breites Lesefeld, eine Tastatur und einen An- und Ausknopf. Mia schaltet das Gerät an, sofort erscheint ein Textfeld. Sie tippt 194 ein und dann »Grshhgrzugrqe«. *Und senden.*

Ninas Pager blinkt auf. „Ich hab schon eine Nachricht!" Strahlend schnappt sich Nina ihren Pager und runzelt dann die Stirn. „Toll. Das Scheißding ist kaputt. Da steht ‚gritzefitze' oder so ähnlich."

Mia kichert. „Die Nachricht ist von mir. Das war nur ein Test, ob das Ding funktioniert."

„Na prima. Deiner geht und meiner nicht." Nina wirft den Pager auf das Bett und stemmt enttäuscht die Hände in die Hüften.

Mia verdreht die Augen und seufzt. „Deiner geht auch! Ich habe gritzfitze geschrieben."

„Warum schreibst du mir gritzefitze?" Völlig entgeistert starrt Nina sie an.

„Ich … weil, ach. Vergiss es. Zumindest funktionieren diese Teile." Mia schnüffelt kritisch an ihren Haaren. „Ich wasch mir jetzt noch schnell den Sekt raus und dann gehen wir an Deck. Okay?"

„Aye, Sir!" Nina salutiert und äugt dann unzufrieden auf ihre Brust. „Ich muss mich nochmal umziehen. Zu dem roten Herz passt mein Oberteil nicht."

Als Mia endlich fertig ist, tippt sie noch eine Nachricht an ihre extra für den Urlaub gegründete WhatsApp-Gruppe: »Ich gehe jetzt mit meiner Zimmernachbarin (sie ist anstrengend aber ganz okay) auf die Willkommensparty. Wir sind – wie ordentliches Herdenvieh – mit Nummern gekennzeichnet und können uns gegenseitig Nachrichten über einen Pager schicken. Falls ich mit Nachrichten überhäuft werde und deswegen keine Zeit mehr für euch habe, bitte ich um euer Verständnis. Ihr habt es so gewollt. Den letzten Satz löscht sie wieder und fügt ein Hab euch lieb. Mia ;)« hinzu. Sie schickt die Nachricht ab und legt das Handy in ihr Nachtkästchen. »Auf in die Höhle der Löwen.«

Als Mia mit Nina aus dem Fahrstuhl an Deck tritt, ist sie überrascht. Tatsächlich scheint jeder bei dieser Aktion mitzumachen, denn überall leuchten ihr die angesteckten Herzen entgegen. Die meisten tragen sie auf der Brust, doch Mia sieht sie auch an Hintern, Caps und einer hat sich den Anstecker vorne am Schritt befestigt. *Nummer 102. Merken und bei Bedarf sperren.* Sie schlängelt sich mit Nina zwischen den tanzenden Leuten hindurch in Richtung Bar. Ein paar der Frauen haben heute wohl etwas vor, denn sie wackeln mit ihren leichtbekleiden Hintern, als gäbe es kein Morgen mehr. *Das ist kein Regentanz. Vielleicht ein Klamottentanz? Bedarf wäre da ...*

„Was magst du denn trinken?“ Mia hat sich bis zur Bar durchgekämpft und sieht Nina erwartungsvoll an, während diese, auf ihrer Lippe kauend, die Karte mustert. „Einen No-more-Single, der klingt gut!“

„Zwei No-more-Singles bitte!“, brüllt Mia über die Musik hinweg und der Barkeeper beginnt sofort zu mixen. Während

Mia auf die Cocktails wartet, mustert sie die anderen Gäste. Es ist ein bunt gemischtes Publikum. *Wäre doch gelacht, wenn ich da niemanden finden würde.*

Nina tippt ihr von hinten auf die Schulter. „Ich würd gern tanzen, kommst du mit?“

Mia schüttelt den Kopf und beugt sich an ihr Ohr. „Ich bleibe hier und passe auf unsere Getränke auf, ja?“

Nina zeigt die Daumen hoch und verschwindet zappelnd in der Menge.

Mia nimmt die zwei Cocktails entgegen und nippt an ihrem Glas. Der ist lecker. *Huhhh – und stark. Aber lecker.* Sie nimmt einen weiteren Schluck. Ziemlich lecker.

„Bist du ganz alleine?“ Ein Mann hat sich neben sie an die Bar gestellt und lächelt sie an. Er hat kurzes, blondes Haar, Sommersprossen und ein süßes Lächeln.

Mia applaudiert innerlich. *Läääääuft!* „Ja, klar.“

Sein Blick fällt fragend auf die beiden Cocktailgläser.

„Oh, das ist von meiner, äh, Freundin. Ich pass nur drauf auf.“ *Wow Mia, Status geklärt und Verantwortung bewiesen.*

„Ich bin mit meinen Jungs hier. Da hinten.“ Er zeigt auf eine Gruppe Männer, die gerade versuchen, mehr oder minder erfolgreich eine Polonaise zu starten. „Ist unsere erste Single-Kreuzfahrt.“ Er lacht entschuldigend. „Und? Wie gefällt es dir hier?“

Mia schielt auf seinen Anstecker. *Nummer 307. Abgespeichert.* „Ist auch meine erste Single-Kreuzfahrt. Ich finde es eigentlich ganz cool.“ *Ganz lässig klingen, Mia. Du hast es noch drauf.*

„Ich auch. Wie heißt du denn?“

„Mia. Und du?"

„Stefan."

Gut, das Gespräch ist definitiv ausbaufähig, aber der Kerl ist ganz vielversprechend.

„Bleibst du noch länger hier? Dann sag ich schnell den Jungs Bescheid." Er lächelt wieder.

Ich steh hier den ganzen Abend, wenn's sein muss. „Ja. Klar. Ich muss ja …", sie blickt zu den beiden Gläsern.

„Dann bis gleich." Er wirft ihr noch einen vielsagenden Blick zu und verschwindet dann in der Menge. Mia grinst über beide Ohren. Erster Abend und gleich einen attraktiven Kerl an der Angel.

„He, kommst du auch tanzen?" Nina erscheint schnaufend an der Bar und schnappt sich strahlend ihren Cocktail. „Das macht so Laune!" Selbst während sie trinkt, hört sie nicht auf zu zappeln.

„Ich bleib hier. Ich warte auf jemanden. Stefan." Mia wippt mit den Augenbrauen.

„Huhhh. Na dann will ich nicht länger stören!" Nina nimmt noch einen kräftigen Schluck und schon ist sie wieder zuckend in der Menge verschwunden.

Eine halbe Stunde später bestellt sich Mia den zweiten Cocktail und lehnt sich seufzend an die Bar. Wo bleibt denn der Kerl? *Muss er sich von jedem einzeln abmelden? Oder packt er schon seine Koffer, um zu mir in die Kabine zu ziehen?* Frustriert nippt Mia an ihrem Glas, immerhin wartet sie jetzt schon eine gefühlte Ewigkeit auf Stefan. Plötzlich leuchtet ihr Pager auf. Aufgeregt öffnet sie die Nachricht. *Von*

Nummer 42? »Von 42: Du siehst so einsam aus. Wollen wir zusammen zweisam sein? Links gegenüber von dir.«

Mia hebt den Kopf und sieht sich suchend um. An der Ecke der Bar winkt ihr ein untersetzter, circa zwanzigjähriger Mann zu und zeigt auf seinen Anstecker. Sie lächelt kurz freundlich zurück, dann tippt sie die Antwort. »An 42: Sehr nett gemeint, aber ich warte auf jemanden.«

Der Pager blinkt erneut. »Von 42: Wer lässt denn eine so hübsche Frau eine halbe Stunde warten?«

Hat der mich mit einer Stoppuhr beobachtet? »An 42: Stefan kommt sicher gleich.«

Zufrieden nimmt Mia im Augenwinkel wahr, dass sich Nummer 42 von der Bar entfernt. ‚Stefan' klingt schon nach festem Freund. *Ha. Apropos, da war doch noch was:* »An 307: Findest du die Bar nicht mehr?«

Keine Reaktion von Stefan. Vielleicht hat er den Pager eingesteckt und kann das Blinken nicht sehen. Oder er ist – samt Pager – über Bord gegangen. *Hm.* Immer wieder wirft sie einen Blick auf den Pager, doch keine weitere Nachricht. Ihren Cocktail hat sie fast ausgetrunken, ihre Stimmung ist so niedrig wie der Pegel in ihrem Glas.

Da erscheint Nina wieder mit gerötetem Gesicht an der Bar. Der Schweiß läuft ihr von der Stirn. „Hey, wo bleibt denn dein Date? Oder ist er schon wieder weg?" Sie schnappt sich ihren Cocktail und nimmt einen großen Schluck.

„Keine Ahnung." Mia zuckt mit den Schultern.

„Kommst du mit tanzen?"

„Vielleicht später.“ Mias Blick schweift über die Tanzfläche. *Wo bleibt der bloß? Ich kann ihn ja ausrufen lassen.*

„Okay!“ Nina zuckt bedauernd mit den Schultern und verschwindet wieder in der Menge.

Gerade als Mia überlegt, ob sie sich noch einen weiteren Cocktail bestellen soll, sieht sie Stefan, der sich den Weg ans andere Ende der Bar bahnt. *Und da heißt es immer, Frauen hätten keinen Orientierungssinn.* Sofort schnellt ihre Laune nach oben. Sie hebt die Hand, um ihm zuzuwinken, als sie sieht, dass an Stefan noch ‚etwas‘ dranhängt. Eine kleine blonde Frau klemmt an seinem Arm und die beiden scheinen sich sehr gut zu verstehen. Zu gut. Die Frau kichert über irgendwas, was Stefan zu ihr sagt. Der Kerl ist doch nicht mal witzig! Also zumindest nicht in den ersten fünf Minuten. Mias Arm sinkt in Zeitlupe nach unten, als die beiden anfangen, sich zu küssen. *He! Ich hab den zuerst gesehen!*

Wütend verlässt sie die Bar. Im Stechschritt bahnt sie sich ihren Weg quer über die Tanzfläche in Richtung Aufzug. *So ein Scheißabend! Was bei drei nicht auf den Bäumen ist ... Aber wenn man brav auf dem Baum sitzt und wartet, dann stellt sich raus, dass keiner Bock zum Klettern hat.* Sie hämmert auf den Aufzugknopf.

„Willst du vielleicht jetzt mit mir was trinken?“ Nummer 42 steht plötzlich mit glasigem Blick neben Mia und grinst sie breit an.

„Nein danke. Ich bin müde. Aber du kannst sicher auch bis drei zählen. Viel Spaß noch!“

Genervt verschwindet sie im Aufzug und lässt Nummer 42 völlig irritiert zurück.

Filmstar mit Allüren

Zurück in ihrer Kabine macht sich Mia bettfertig. Energisch putzt sie sich die Zähne und schickt ihrem Spiegelbild ein schaumiges Lächeln, das eher einem Zähnefletschen gleicht. *Tollwut.* Hier ernsthaft jemanden kennenlernen zu wollen, ist wie in einem Fast-Food-Restaurant auf ein 5-Gänge-Menü zu hoffen.

Bevor sie die Kontaktlinsen aus den Augen nimmt, wirft sie noch einen Blick auf ihr Handy. Sieben Nachrichten. Allesamt von ihren Mädels, die ungeduldig auf Nachrichten von Mias erster Party an Bord warten. Seufzend schaltet sie ihr Handy aus. Gefühlte Niederlagen muss man nicht immer gleich beichten. Sie legt sich auf ihre Bettseite und zieht das dünne Laken über ihren Körper. *Ein Leichentuch. Wie passend.* Plötzlich leuchtet ihr Pager auf dem Nachtisch auf. Vielleicht Stefan, dem seine kleine Blonde abhandengekommen ist. *Die war aber auch winzig.* Sie nimmt das Gerät und hält es sich nah vors Gesicht.

»Von 42: Wir können doch zusammen bis drei zählen! Kommst du an die Bar?«

»An 42: Ich zähle jetzt Schäfchen. Gute Nacht.«

Sie schaltet den Pager aus und legt ihn zurück auf den Nachttisch. *Dann mache ich eben einfach nur Urlaub! Ich lasse das Männersuchen weg und genieße einfach die*

Kreuzfahrt. Mia schließt zufrieden die Augen. Ohne Erwartung gibt es auch keine Enttäuschung.

Als Mia erwacht, steigt ihr ein ekelhafter Geruch in die Nase und gleichzeitig spürt sie einen Druck auf ihrer Hüfte. Langsam öffnet sie die Augen und versucht sich zu erinnern, wo sie ist und warum. Sie ist nicht zu Hause, das kann sie auch ohne Kontaktlinsen erkennen. Die verschwommenen Konturen passen definitiv nicht zu ihrem Schlafzimmer.

Wieder erreicht sie eine Wolke aus Alkohol und kaltem Rauch. *Igitt!* Der Geruch kommt eindeutig von etwas, was da hinter ihr liegt. Hinter ihr? Sie tastet die Decke entlang und berührt einen Arm, der um sie gelegt ist. Erschrocken fährt sie hoch und fällt dabei fast aus dem Bett. Nina schnarcht laut schmatzend auf und dreht sich auf die andere Seite. Mia schüttelt sich. Statt Frühstück ans Bett bekommt man hier einen Aschenbecher mit Schnaps gereicht. *Vielleicht sollte ich heute Abend Kleiderbügel in die Ritze zwischen den Matratzen stecken. Mein Tanzbereich – dein Tanzbereich.* Sie seufzt und sieht auf ihre Uhr: zwölf nach sechs.

Nach diesem Erwachen hätte Mia eh kein Auge mehr zugetan, also beschließt sie, vor dem Frühstück eine Runde im Pool zu schwimmen. Sie setzt ihre Kontaktlinsen ein, zieht sich Bikini und den Bademantel an, nimmt ein Handtuch mit und verlässt leise das Zimmer.

Das Schiff wirkt wie ausgestorben, das Deck ist komplett leergefegt. Mia schließt die Augen und atmet tief die kühle Morgenluft ein. Es ist vollkommen ruhig an Deck, kein Vergleich zu dem Abend davor. *Göttlich.* Sich abends nicht kaputt zu feiern, hat also auch seine Vorteile. Die Heinzelmännchen müssen in den frühen Stunden schon auf den Beinen gewesen sein, denn von der Party ist nichts mehr zu sehen. Keine Becher, keine Zigarettenkippen oder Müll, alles ist so sauber und ordentlich, als hätte es nie eine Party gegeben.

Sie sucht sich eine Liege direkt am Pool, breitet ihr Handtuch darauf aus und stellt die Lehne etwas höher. Plötzlich dringt ein Geräusch durch die Stille und lässt sie innehalten. Klingt wie Blubbern, oder Rasseln. *Ein verstopfter Gulli?* Irritiert schweift ihr Blick über das Deck, auf der Suche nach der Ursache. Da entdeckt sie wenige Meter weiter den Körper eines Mannes. Er liegt bäuchlings, mit mehreren Handtüchern bedeckt, einen Arm am Boden baumelnd auf einer Liege. Langsam, auf Zehenspitzen, nähert sie sich ihm. *Ist der tot? Bewusstlos?* Neugierig mustert sie den Handtuchberg. *Sieht ein klein wenig aus wie ein gestrandeter Wal und Greenpeace war schon da, um ihn mit nassen Tüchern vor dem Austrocknen zu schützen. Die Guten.* Vorsichtig beugt sie sich über den leblosen Körper und horcht. Der Rücken des Mannes hebt sich an, ihm entfährt ein leiser Rülpser und warme, stinkige Luft steigt Mia in die Nase. *Alles klar. Riecht wie tot – ist aber nicht tot.* Angewidert verzieht sie das Gesicht und wendet sich mit einem Schütteln ab.

Auf dem Rückweg zu ihrer Liege steckt sie einen Zeh in den Pool und sofort wird ihr Körper von einer Gänsehaut überzogen. *Brrr.* Das ist dann doch kälter als gedacht. Anscheinend wird nachts die Heizung ausgeschaltet. Jedenfalls kann sie sich nicht überwinden hineinzuspringen. Lieber doch erst noch etwas auf der Liege warten, bis die Morgensonne an Kraft gewinnt und sie wärmt.

Fast wäre sie eingedöst, als sie plötzlich hochschreckt. Lauthals diskutierend nähert sich das Kamerateam dem Pool. Mia stellt sich schlafend und beobachtet das Treiben durch ihre halb geschlossenen Augenlider. Der Produzent gestikuliert wild und scheucht sein Team vor sich her. „Jetzt beeilt euch, ihr lahmen Säcke! Wir haben nicht mehr viel Zeit. In ein paar Minuten steht die Sonne zu hoch. Und außerdem wimmelt es hier bald von fetten, hässlichen Weibern, dann können wir die Aufnahmen knicken!“ Er dreht den Kopf und als er Mia erblickt, senkt er sofort seine Stimme. Er nickt in ihre Richtung, zischt etwas zu einem Mann, der neben ihm steht und wohl für den Ton zuständig ist, denn er hält einen Ständer mit Mikrofon in der Hand.

Beide Männer sehen jetzt zu ihr herüber, stecken die Köpfe zusammen und tuscheln. Mias Herzschlag beschleunigt sich. *Ich bin gar nicht hier. Ich schlafe.* Mia senkt die Augenlider noch weiter, so dass sie die Szene jetzt nur noch durch schwarze, verschwommene Wimpernstriche beobachten kann. *Nein, nein, nein!* Der Tonmann legt sein Equipment ab und steuert geradewegs auf sie zu. *Geh weg!* Mia schließt die Augen ganz, aber sie spürt, wie die Pupillen unruhig hin und her wackeln. Vielleicht geht er ja an ihr vorbei.

Mia horcht. Die Schritte nähern sich. Und dann – nichts mehr.

Ganz still liegt Mia da, aber nichts passiert. Sie zwingt sich, die Augen geschlossen zu halten, aber die Neugier ist so groß! Wo ist der Mann denn jetzt?

Nichts passiert.

Blinzelnd öffnet sie die Augen einen kleinen Spalt weit, und da steht er, direkt vor ihrer Liege, und sieht sie an.

„Ich wusste, dass Sie wach sind.“ Er lächelt.

Mia spürt, wie sie errötet. „Und warum sagen Sie dann nichts, hm?!“

„Sie sahen so niedlich aus. Mit den zugekniffenen Äuglein. Ich hab einfach gewartet, bis Sie so weit sind.“ Er schmunzelt.

„Sehr lustig.“ Ertappt und bloßgestellt. Zudem fühlt sie sich im Bikini unwohl vor einem Mann, der sich so seltsam benimmt. Sie wickelt sich in ihr Handtuch.

„Das können Sie gleich weglassen, das brauchen Sie nicht.“

„Wie bitte?“ Empört wickelt sie das Handtuch noch enger um ihren Körper. *Was ist denn das für ein Spinner?*

Er mustert sie kurz mit einem durchdringenden Blick, dann lächelt er. „Wir wollen hier eine kleine Szene am Pool drehen und bräuchten noch eine Nixe, die ins Wasser springt. Da haben wir an Sie gedacht. Mangels Auswahl an Darstellern.“ Mit hochgezogenen Augenbrauen nickt er in Richtung der Alkoholleiche auf der Liege. „Den könnten wir zwar ins Wasser rollen, aber ich glaube kaum, dass er dann schwimmt.“

„Na Sie wissen ja, wie man jemanden anwirbt.“ Jetzt muss sie grinsen.

„Für den Sprung ins kühle Nass gibt es auch 300 Euro Taschengeld. Und fünf Minuten Ruhm.“ Er streckt ihr die Hand hin. „Und? Dabei?“

300 Euro Taschengeld für eine kurze Szene? So schnell hat sie noch nie so viel Geld verdient. Das hat ja schon fast was Unmoralisches. „Nur ins Wasser springen, sonst nichts?“

Er nickt. „Kein Text. Nur ein Sprung. Wenn Sie also das Seepferdchen haben, ist das Qualifikation genug.“

Zögerlich legt sie ihre Hand in die seine und er zieht sie hoch. Er setzt sich die Sonnenbrille auf und lächelt breit. „Ich bring dich ganz groß raus, Baby“, sagt er mit künstlich tiefer Stimme und Mia muss lachen. *Der hat echt einen an der Klatsche.*

Das Filmteam bringt sich in Stellung und platziert sein Equipment.

„Also, du springst da drüben ins Wasser, tauchst bis hierher und nimmst dann einen Schluck von dem Cocktail. Da ist nur Saft drin. Und nicht in die Kamera schauen. Alles klar soweit?“ Ungeduldig zieht der Produzent die Stirn kraus und wartet auf ihre Antwort.

„Ja, äh, klar.“ Mia ist unglaublich nervös. Plötzlich fühlt sich ihr Magen wie ein Klumpen an. *Der andere hat nichts von springen, tauchen und trinken gesagt! Ich werde wie ein Stein untergehen.*

„Ja dann? Los, los!“ Genervt klatscht der Produzent in die Hände, als wolle er Hühner verscheuchen.

Irgendwie bereut sie jetzt schon, dass sie ja gesagt hat. Mit bleiernen Schritten geht sie am Beckenrand zur gegenüberliegenden Seite. Selbst gehen fühlt sich jetzt so unter Beobachtung falsch an. Barfuß elegant zu laufen, ist gar nicht so einfach.

Unsicher stellt sie sich an den Rand und blinzelt auf die andere Seite. Sie hält sich die Hand über die Stirn, um den Blick gegen die Sonne abzuschirmen.

„Wir sind nicht bei Pocahontas!“, bellt die Stimme des Regisseurs zu ihr herüber.

Idiot. „Ich seh aber sonst nichts!“, brüllt sie zurück.

Unverständliches Gemurmel. „Wenn ich pfeife, springst du rein!“

Mia nimmt die Hand runter, senkt den Kopf und atmet tief durch. Die Oberfläche des Wassers glitzert und die kühle Luft streift um ihren Körper. Sie fröstelt. Da ertönt der Pfiff und Mia springt. Das Wasser ist so kalt, dass ihr kurz die Luft wegbleibt, aber mit großen Zügen taucht sie Meter für Meter vorwärts. Wegen der Linsen kann sie die Augen nur einen Spalt breit öffnen und versucht den Ort auszumachen, an dem sie auftauchen soll. Verschwommen erkennt sie dunkle Silhouetten am Beckenrand und korrigiert leicht den Kurs.

Kurz bevor sie an die Oberfläche stößt, veratmet sie sich und Wasser dringt in ihre Nase. Als sie den Kopf aus dem Wasser streckt und versucht, sich lässig am Beckenrand abzustützen, läuft das eingeatmete Wasser aus beiden Nasenlöchern. Gleichzeitig muss sie heftig blinzeln, weil das Chlor in den Augen so brennt.

„Schnitt!“, flucht der Produzent und schnauft hörbar auf. „Was soll das denn?“ Er fährt sich verzweifelt durch die Haare. „Soll das vielleicht sexy sein?“

„Ich, ich habe Kontaktlinsen und das Chlor brennt so …“, versucht sie sich stotternd zu verteidigen.

Er verdreht die Augen. Etwas leiser, aber immer noch so laut, dass Mia es hören kann, wendet er sich seinem Tonmann zu. „Haben wir keine andere?“

Der schüttelt den Kopf und zuckt mit den Schultern. „Nur den da.“ Er zeigt auf den schnarchenden Haufen auf der Liege.

Als wäre sie Luft! Mia spürt, wie die Wut in ihr hochkriecht, und fast automatisch verzieht sie das Gesicht und streckt dem Rücken des Regisseurs die Zunge raus. *Was für ein Vollidiot!*

Der Produzent hebt ergeben die Hände und seufzt theatralisch auf. „Gut, na dann …“ Er dreht sich wieder zu Mia, geht in die Hocke und schlägt einen übertrieben freundlichen Ton an. „Meinst du, du kriegst es hin, ohne dieses Geblinzel und ohne laufende Nase aufzutauchen und dann noch einen Schluck aus diesem Glas hier zu nehmen?“

Mia formt unter Wasser einen Stinkefinger. *Meinst du, du kriegst es hin, mit mir normal zu sprechen, ohne dabei wie ein arroganter Arsch zu klingen?* „Aber natürlich“, antwortet sie zuckersüß, stützt sich auf und zieht sich aus dem Wasser. Mit schwingenden Hüften schreitet sie den Beckenrand entlang, zurück zur anderen Seite.

Als sie wieder auf ihrer Position steht, bekommt sie wieder das flaue Gefühl im Magen. *Ich kann das. Springen, tauchen, nicht Wasser einatmen und Augen offen lassen.* Da ertönt der Pfiff. Mia spannt ihren Körper und springt.

Dieses Mal klappt das Auftauchen, Mia kämpft gegen den Reflex zu blinzeln an und nimmt einen Schluck aus dem Cocktailglas. Es ertönt ein brummiges „Schnitt“, der Produzent wendet sich sofort ab, gibt Anweisungen und die Crew macht sich daran, das Equipment wieder einzupacken.

Mia gleitet aus dem Wasser, setzt sich an den Beckenrand und schüttelt sich. War das kalt!

Da legt sich ein Handtuch um ihre Schultern und jemand flüstert ihr ins Ohr. „Baby, wenn du den Produzenten ankackst, wird das nie was mit Hollywood.“

Mia mümmelt sich dankbar in das Handtuch und lächelt verlegen.

„Das Handtuch kannst du behalten. Das gibt es sozusagen on top.“ Grinsend hält ihr der Tonmann die 300 Euro hin. „Oh, und ich fand sogar dein Geblinzel und die Nasendusche sexy.“ Er tippt sich verabschiedend an die Stirn, schnappt sich seinen Mikrofonständer und beeilt sich, der Crew beim Abbau zu helfen.

Mia zieht das Handtuch fest um ihren Körper und sieht ihm dabei zu. *Eigentlich ganz schnuckelig der Typ.* Dunkle, ohrenlange Locken, braune Augen und ein ziemlich ansteckendes Lächeln. *Hm.* Sie legt den Kopf schief. *Der könnte mir gefallen.*

Ihr Bauch brummelt und sie sieht auf die Uhr: halb acht. Okay, trocknen, umziehen und dann ab zum Frühstück. Filmstar sein macht hungrig.

Mia durchstöbert das Buffet, lädt sich den Teller voll mit Leckereien und setzt sich an einen Tisch. Das Restaurant ist fast leer. Nur vereinzelt sitzen Gäste an den Tischen und frühstücken. Anscheinend sind noch sehr wenige in der Lage, aufzustehen – geschweige denn, etwas zu essen. Mia beißt von der Semmel ab und ist selig. *Das sollte ich beibehalten. So ruhig und entspannend.*

„Sag mal, wann bist du denn aufgestanden?“, erklingt plötzlich eine wohlbekannte, etwas kratzige Stimme hinter ihr. Vorbei mit der Ruhe.

Nina lässt sich auf den Stuhl neben ihr plumpsen und lehnt den Kopf nach hinten über die Stuhllehne. „Puh, ich bin immer noch betrunken.“ Sie kichert und gähnt dann herzhaft. „Ich bin erst um vier ins Bett, aber ich kann leider nie lang schlafen. Wann bist du gestern denn gegangen? Du warst plötzlich weg.“

„So um elf", antwortet Mia teilnahmslos und nimmt einen Schluck von ihrem Kaffee.

„Um elf? So früh? Da ging die Party doch erst los!" Nina sieht ehrlich entsetzt aus.

„Also soooo toll fand ich die Party jetzt auch wieder nicht, und ich war echt kaputt."

„Die Party war so cool! Du hast was verpasst, wirklich. Aber echt laut! Ich musste so brüllen, dass ich jetzt heiser bin." Sie krächzt demonstrativ. „Das nächste Mal bleiben wir zusammen, dann wird's lustig, wirst schon sehen!"

Ich kann's kaum erwarten.

Ninas Pager piept. Kaum hat sie die Nachricht abgerufen, grinst sie vor sich hin.

„Ich hab gestern einen total süßen Typen kennengelernt. Ben heißt er. Glaube ich." Nina zieht die Stirn kraus und denkt angestrengt nach. „Jaja, der heißt schon Ben." Sie nickt bestätigend und dann strahlt sie. „Und der kann so gut küssen!"

„Du hast mit einem Fremden rumgeknutscht?"

„Na so fremd war er ja auch nicht, wir haben den ganzen Abend zusammen getanzt. Und hör mal, ich bin doch hier, um Spaß zu haben!" Sie fühlt sich angegriffen, das kann Mia deutlich spüren. Sie verkneift sich weitere Kommentare.

Nina wirft einen zweifelnden Blick auf Mias Teller. „Ich hol mir auch mal was zum Essen. Falls ich was runterbringe." Sie steht auf. „Gehen wir danach an den Pool? Ich hab zwei Liegen mit Handtüchern für uns reserviert."

Die guten deutschen Sitten. „Okay, machen wir." Mia seufzt innerlich und wappnet sich für den Vormittag. Vielleicht hat sie ja Glück, und Nina ist – aufgrund der schlechten körperlichen Verfassung – ruhiger als sonst.

Mia zieht sich im Bad gerade um, als es hektisch an der Tür klopft.

„Hey, kann ich schnell rein? Ich muss ganz dringend! Der Kaffee … du weißt schon."

Too much information. Sie schlüpft eilig in den Bademantel und macht das Bad frei.

Zehn Minuten später sitzt Mia immer noch auf dem Bett, ihre Tasche und das Handtuch auf dem Schoß, und wartet. *Was macht die denn da drin? Nargh, ich will's gar nicht wissen.*

„Mia? Bist du noch da?"

Leider. „Ja!"

„Kannst du mal losziehen und Klopapier besorgen? Es ist alle! Ich hab heut Nacht das Do-not-disturb-Schild rausgehängt und als ich zum Frühstücken bin, hab ich's vergessen abzunehmen."

Kopfkino löschen! Bitte! „Okay. Ich … ich komme gleich wieder."

„Danke! Ich warte hier."

Neeein. Ach ehrlich? Mia späht in den Flur und sieht ein paar Zimmer weiter den Putzwagen auf dem Gang vor einer geöffneten Zimmertür stehen. Sie nähert sich der Tür, klopft an den Rahmen und sagt zaghaft: „Entschuldigung?"

Wie aus dem Nichts steht plötzlich eine sehr kleine, ältere Frau vor ihr und Mia weicht erschrocken zurück.

„Was brauchen?“, fragt die Frau mit starkem ausländischen Akzent, ohne dabei die Miene zu verziehen.

„Ähm, ich bräuchte Toilettenpapier. Zwei Rollen bitte.“ Mia lächelt unsicher.

Gerade als die Putzfrau das Toilettenpapier aus dem Wagen nehmen will, nähert sich eine Gruppe Männer. Der Blick der alten Dame wechselt zwischen der Gruppe Männer, Mia und dem Klopapier. Sie hält inne. „Zimmernummer?“

Mia nennt dankbar ihre Zimmernummer und geht zurück zu ihrer Kabine.

„Hast du Klopapier?“, ruft Nina aus dem Badezimmer.

„Nein, aber die Putzfrau bringt gleich welches.“

„Warum hast du es nicht gleich mitgenommen?“

Es war zu schwer. „Weil, äh …“ In diesem Moment klopft es an der Tür und Mia springt auf, um zu öffnen.

Die alte Frau überprüft mit einem schnellen links-rechts Blick erst den Flur, bevor sie Mia mit stoischer Miene die zwei Rollen Klopapier entgegen hält.

Hat irgendwie was von illegalem Geschäft. Eine Klopapier-Dealerin. „Danke, sehr nett.“ Mia will die Tür schließen, aber die alte Dame macht keine Anstalten zu gehen. Verunsichert öffnet Mia die Tür wieder ein wenig. Keiner rührt sich. Mia liest das Namenschild, das auf der Bluse der Putzfrau angebracht ist. „Danke, äh, Rosalia. Das war sehr nett von Ihnen.“

Rosalia nickt. „Serr nett von Rosalia, Miss. Serr nett.“ Sie bewegt sich keinen Millimeter, aber Mia hätte wetten können, dass die alte Dame ihr zugezwinkert hat.

Mia blinzelt ein paar Mal irritiert, dann fällt es ihr wie Schuppen von den Augen. Aus ihrem Geldbeutel holt sie zwei Euro und gibt sie der alten Dame.

Rosalia nickt kurz und verschwindet.

Rot ist nicht die Farbe der Liebe

Als Nina endlich aus dem Badezimmer kommt, machen sich die beiden auf zum Pool.

Es ist gut, dass Nina die Handtücher auf die Liegen gelegt hat, denn fast alle direkt am Wasser sind nun besetzt.

Mia stellt ihre Badetasche unter das Kopfteil ihrer Liege, breitet das Handtuch aus und legt sich auf den Rücken. Die Sonne beginnt sofort, ihren Körper zu wärmen, und Mia schmatzt wohlig vor sich hin. Langsam wird es ein Urlaub nach ihrem Geschmack.

„Ist das nicht herrlich?“

„Hmm“, brummt Mia mit geschlossenen Augen zurück. *Ich will nicht reden.*

„Bin ich froh, dass ich mir diesen Bikini doch gekauft habe! Wenn ich die anderen Mädels hier so sehe …“

Diese Äußerung veranlasst Mia dann doch, die Augen wieder zu öffnen. Sie hat sich Ninas Bikini gar nicht richtig angesehen. Er ist strahlend türkis, hat überall kleine Schmuckperlen und sitzt einfach perfekt. „Der ist echt schön“, murmelt sie anerkennend. Ihr Blick wandert zu den anderen Frauen rund um den Pool und taxiert deren Outfit.

So direkt in der ersten Reihe am Wasser scheinen sich tatsächlich die Show-Hasen platziert zu haben. Die Brüste sind bis unters Kinn geschnallt, manche Höschen verstecken sich zwischen den Pobacken und lassen nur durch den ‚Gürtel' erkennen, dass sie da sind.

Mias Blick fällt unweigerlich auf ihr eigenes Dekolleté. Der Bikini ist alt, aber sehr bequem. Und sicher. Er hält zusammen, was eben zusammengehört, verdeckt, was verdeckt bleiben soll. Nur im Liegen gibt er auf. Er hat sich, zusammen mit Mias Brüsten, für die horizontale Ausbreitung entschieden. *Nur weil ich liege, sollt ihr nicht auch liegen! Steht auf!* Mia presst die Arme an ihren Körper und beobachtet mit Genugtuung, dass sich etwas tut. Nur kann sie ja nicht ewig in dieser Position bleiben. Seufzend setzt sie sich auf und stellt den Kopfteil etwas höher.

In diesem Moment schlendert Dave vorbei und nickt ihnen freundlich zu. „Ladys …"

„Der ist so unglaublich süß!" Nina legt den Kopf schief und seufzt.

Mia verdreht die Augen. „Also ich döse jetzt ein bisschen, ja?" *Wenn ich es ankündige, steigt meine Chance, dass Nina ihre Klappe hält.*

„Ist gut. Ich glaube, ich auch."

„Na meine lieben Freunde? Hattet ihr eine kurze Nacht?", hallt es plötzlich aus den Lautsprechern. Mia schreckt auf und sieht sich genervt um.

Dave steht auf einem kleinen Podest am Ende des Pools und hält ein Mikrofon in der Hand. Neben ihm stehen drei breit lächelnde Stewardessen mit Luftballons. „Ihr konntet gestern bestimmt schon den ein oder anderen Kontakt knüpfen …", ein paar Pfiffe und Johlen ertönen, „… aber da geht noch viel mehr! Damit ihr euch besser und intensiver kennenlernen könnt, werden wir nun hier ein kleines Spiel veranstalten. Dazu brauche ich zehn Frauen und zehn Männer. Na los, Freiwillige vor!“

Nina klatscht in die Hände und dreht sich zu Mia. „Oh das ist super, machen wir mit?“

„Ach ne, lieber nicht.“

„Sei kein Spielverderber, komm schon!“

Bevor sie etwas erwidern kann, hebt Nina schon winkend den Arm und zeigt auf sich und Mia.

„Ich wollte gar nicht …“, zischt Mia wütend.

„Ah, die zwei Ladys dort hinten.“ Dave lächelt. „Und hier die Damen, sehr gut.“ Eine weitere Gruppe Frauen hat die Hände gehoben und auch ein paar Männer zeigen auf sich. „Bitte alle Freiwilligen hier zu mir! Kommt schon! Nicht so schüchtern!“

Missmutig steht Mia auf und folgt Nina zu dem Podest.

„Die Mädels werden euch für das Spiel präparieren.“ Während die Stewardessen beginnen, Luftballons an die Hintern der Spieler zu binden, interviewt Dave die Kandidaten. „Wie heißt du?“ Er hält das Mikrofon einer Frau neben Mia unter die Nase.

„Melli.“ Die Leute applaudieren.

„Und? Dein Herzblatt schon gefunden?“ Er beugt sich ganz nah zu ihr und Melli kichert verlegen. „Nein, noch nicht.“

Dave dreht sich kopfschüttelnd ab. „Na Jungs, wie kann das sein? Eine wunderschöne Frau hier an Bord und immer noch allein?“

Erleichtert stellt Mia fest, dass Dave sich nun an die Männer wendet. „Und du? Wie heißt du?“ Er hält das Mikrofon einem muskelbepackten Kerl hin, der wie ein Rennpferd von einem Bein aufs andere tritt.

„Ich bin der Mike. Ich bin achtundzwanzig und Single.“ Er grinst und fügt hinzu: „… warum auch immer.“ Er zeigt auf seinen durchtrainierten Körper, zuckt mit den Brustmuskeln und feiert sich selbst im aufflammenden Applaus.

„Na dann hoffe ich mal, dass wir diese einsamen Herzen bald miteinander verbinden!“ Dave wirft einen kurzen Seitenblick auf die Stewardessen, die mittlerweile die Hintern aller Kandidaten mit einem Luftballon bestückt haben.

„So, alle sind so weit. Ich erkläre euch kurz die Regeln dieses Spiels. Wir haben jetzt zwei Teams – Männer gegen Frauen. Ein Kampf der Geschlechter sozusagen. Dort vorne seht ihr zwei Stühle. Jeweils eine Frau und ein Mann aus beiden Teams werden sich dort hinstellen, mit dem Rücken zu uns und abwarten.“

Ein paar scheinen das, was nun kommen würde, zu kennen, denn es ertönen Lacher und Pfiffe.

„Der Rest von euch reiht sich hier auf.“ Dave wendet sich nun an die Spieler. „Wer ist mutig genug und macht den Anfang?“

Nina meldet sich hüpfend und strahlt Dave an. „Oh, unsere erste mutige Kandidatin.“

Unter Gegröle wird ein Mann aus der Gruppe nach vorn geschubst.

„Und der Kontrahent. Dann kann es ja losgehen!“

Eine Stewardess führt Nina und den Mann zu den Stühlen, währenddessen erklärt Dave die Spielregeln. „Ihr müsst nun versuchen, den Luftballon eures Teamkollegen zum Platzen zu bringen. Wie ihr das macht, bleibt euch überlassen …“, er zwinkert schelmisch, „… aber die Hände zu benutzen, ist nicht erlaubt! Habt ihr Erfolg, stellt ihr euch an diesen Stuhl und der andere kann zurückrennen und den nächsten Spieler abklatschen. Das Team, dessen Luftballons zuerst alle geplatzt sind, hat gewonnen. Alles klar soweit?“ Er wartet kurz ab, dann hebt er das Mikrofon an und brüllt: „Einen riesigen Applaus für unsere Kandidaten. Ich will, dass ihr sie anfeuert! Los los los!“

Was? Ohne Hände? Wie soll ich denn …? Weiter kommt Mia gedanklich nicht, denn alle anderen Frauen haben sich hinter ihr angestellt. Sie ist also die Erste in der Reihe! Sie sieht Nina, die über den Stuhl gebeugt ihr den Hintern mit dem Luftballon entgegenstreckt. Neben Mia nimmt dieser Mike bereits eine Sprinterposition ein.

„Wenn ich pfeife, geht es los!“ Dave legt die Trillerpfeife an die Lippen.

Nein, nein, nein! Ich bin noch nicht so weit! Ich … ich …

Der Pfiff ertönt, und fast zeitgleich wummert laute Musik aus den Lautsprechern. Mia läuft los. Dieser Mike ist um einiges schneller am Ziel und beginnt, wie wild seinen Teamkollegen zu stoßen. Dabei dreht er sich zu Mia um und grinst sie anzüglich an. Er rammt sein Becken immer wieder an den Hintern des über den Stuhl gebeugten Mannes und das Publikum lacht Tränen. Das Bild, das sich Mia bietet, ist so bizarr, dass sie völlig überfordert vor Ninas Hintern stehen bleibt.

„Komm schon, Mia! Nun mach schon!“ Nina sieht über ihre Schulter und feuert Mia an. „Du musst mich rammeln, bis er platzt!“

Das gibt Mia den Rest. „Ich soll dich rammeln? Bist du irre?“

„Das ist ein Spiel, Mia! Wir verlieren! Nun mach endlich!“, ruft Nina verzweifelt, den Blick auf die Gegner gerichtet.

Ich habe Würde, verdammt! Mia steht einfach nur da und starrt auf Ninas Hintern. *Keine Hände hatte er gesagt.* Mia bückt sich nach vorn und beißt in den Luftballon. Mit einem lauten Knall platzt der Ballon und Nina saust los. Ein paar Männer aus dem Publikum buhen, ein paar Frauen klatschen. Mia lächelt schief, knickst und beugt sich widerwillig über den Stuhl.

Kurz darauf gibt auch der Luftballon der Kontrahenten auf und die Männer wechseln die Positionen.

Mia wirft einen Blick über ihre Schulter und sieht die Frau auf sich zu rennen. Kurz bevor sich diese auf ihren Hintern werfen kann, ruft sie ihr zu: „Beiß!“

Ihre Mitspielerin stoppt kurz irritiert, dann aber bückt sie sich und beißt zu. Mit einem lauten Knall verabschiedet sich der Ballon und Mia sprintet los.

Obwohl die bis dahin zurückliegenden Männer Mias Taktik übernehmen, haben die Mädels bereits einen solchen Vorsprung, dass sie das Spiel gewinnen.

„Es war zwar so nicht gedacht, aber völlig regelkonform. Ich habe das geprüft“, urteilt Dave großmütig und zwinkert Mia zu.

Hättest du wohl gern anders gehabt. Tja, kauf dir ein paar Karnickel!

Die Stewardessen schütteln allen Gewinnern die Hand und verteilen aufblasbare Herzen.

Na bei solchen Preisen lohnt es sich doch, sich zum Affen zu machen.

„Das war eine klasse Idee, den Luftballon zu zerbeißen. Super Mia!“, lobt sie Nina begeistert, und auch die anderen Mädels aus dem Team klopfen ihr auf die Schulter.

Das versöhnt Mia fast mit diesem dämlichen Spiel. Trotzdem ist sie froh, als Dave sich endlich verabschiedet und sie zurück zu ihrer Liege kann.

Jetzt hat sie es sich aber wirklich verdient, einfach mal nichts zu tun und in der Sonne zu dösen.

Genüsslich schließt sie die Augen, liegt völlig regungslos auf ihrer Liege und brutzelt vor sich hin. Bis ein nerviger Ton den Frieden stört.

„Dein Pager piepst“, brummt sie, ohne sich zu bewegen.

„Das ist nicht meiner, das ist deiner“, kommt Ninas schläfrige Antwort.

Meiner? Mia runzelt die Stirn. *Vielleicht ist es Stefan? Oder der Typ vom Fahrstuhl? Ist ja immerhin ein hartnäckiges Kerlchen. Oder der ekelhafte Luftballonrammler. Bäh.* Sie bemüht sich, möglichst teilnahmslos zu wirken, aber ein bisschen aufgeregt ist sie schon. Sie beugt sich über ihre Tasche und zieht den Pager heraus. »Von 99: Du solltest dich einschmieren, rebellisches Häschen.«

Mehr steht da nicht. Mia versucht, nach oben oder unten zu scrollen, aber der Text wird nicht länger. *Was ist das denn für eine blöde Nachricht? Wer hat denn die 99? Der schmierige Kerl vom Spiel? Oder einer von der Party gestern?*

Mia durchforstet ihr Hirn, ob einer der Typen gestern diese Nummer getragen hat, aber sie kann sich nicht erinnern. *Mist. Du solltest dich einschmieren, rebellisches Häschen? Das klingt irgendwie anzüglich.*

Sie setzt sich auf, schiebt die Sonnenbrille hoch und sieht sich um. Der Pool ist gut besucht und in dem Gewusel und aus der Entfernung eine Nummer zu erkennen, ist schier unmöglich. Trotzdem sucht sie Gesicht für Gesicht ab, ob jemand zu ihr herüber sieht. Und da sitzt er. Mike, der ekelhafte Rammler vom Spiel und winkt ihr zu. Mit einem breiten Grinsen im Gesicht. *Mich einschmieren. Bah. Für dein Kopfkino*. Sie schmeißt den Pager zurück in die Tasche und legt sich wieder hin. *Hättest du wohl gern, kannst du aber vergessen.* Sie nimmt ein Handtuch und bedeckt damit ihren Rücken und den Hintern. *So. Und wenn du jetzt nicht gerade Baumwollfetischist bist, habe ich dir hoffentlich den Spaß versaut.*

Als Mia erwacht, spürt sie ein Ziehen auf der rechten Gesichtshälfte, an den Schultern und an den Waden. Ganz langsam dreht sie den Kopf auf die andere Seite, so sehr schmerzt der Nacken von der einseitigen Lage. Ihr Blick fällt auf ihre Unterarme. Die haben eine ungute, rötliche Färbung angenommen. Noch ganz verschlafen setzt sie sich auf und begutachtet die geröteten Stellen. Vorsichtig befühlt sie ihre Haut und verzieht das Gesicht. *Verdammt. Nicht gut. Gar nicht gut.*

Sie sieht zu Nina hinüber, die neben ihr auch eingeschlafen ist. *Weiß, wie immer. Hm.* Sie wirft einen Blick auf ihre Uhr. Drei. Sie hat fast zwei Stunden in der Sonne gebrutzelt! Ihr Magen grummelt und macht so auf sich aufmerksam.

Ganz leicht berührt sie Ninas Schulter. „Ich geh mir was zu essen holen. Willst du auch was?"

Ninas Augen öffnen sich halb. „Hab keinen Hunger, ich schlaf noch weiter". Die Augen schließen sich wieder. „Du bist irgendwie rot", murmelt sie.

Irgendwie rot. Hm. Vielleicht doch zuerst einen Abstecher ins Zimmer und den Schaden genauer begutachten.

Das Neonlicht des Bades hebt Mias Farbunterschiede im Gesicht, auf den Schultern und dem abgedeckt gewesenen Rumpfbereich noch mehr hervor. Ihr entfährt ein entsetztes Quietschen. *Das geht doch nicht, ich seh ja aus wie ein Streifenhörnchen!* Panisch dreht sie sich hin und her. *Böse, böse! Was mach ich denn jetzt?*

Panisch läuft sie zurück ins Zimmer, holt ihr Handy aus dem Nachtkästchen und tippt hastig eine Nachricht: »Ich brauche eure Hilfe, Mädels! Was mache ich denn gegen Sonnenbrand!?«

Ungeduldig starrt sie auf ihr Handy.

Lucy ist die Erste, die antwortet: »Quark soll helfen. Das kühlt. Was ist los? Ist es schlimm?«

Mia wirft einen Blick auf ihren hummerfarbenen Arm und schreibt zurück: »Ich bin in der Sonne eingeschlafen. Sieht übel aus. Aber danke für den Tipp. Bist ein Schatz!«

Da erscheint eine Nachricht von Franzi: »Du musst dich eincremen. Mit Sonnencreme.«

Ach was. Sag bloß. Mia verdreht die Augen und will schon antworten, doch Lucy nimmt ihr das ab: »Mia HAT den Sonnenbrand nun aber schon. Dein Tipp kommt etwas zu spät.« Und dann fügt Lucy noch hinzu: »Aber Mia wird deinen Rat bestimmt das nächste Mal beherzigen ;)«

Seufzend legt Mia ihr Handy zurück in die Schublade. *Wer solche Freunde hat ...* Vorsichtig befühlt sie ihr brennendes Gesicht. *Also, woher bekomme ich nun Quark?*

Die Kosmetik-Mafia

Mia zieht sich etwas an und macht sich auf den Weg zur Küche. Wenn es irgendwo Quark gibt, dann dort.

Im Flur läuft sie Rosalia über den Weg, die gerade den Putzwagen vor sich her schiebt.

„Oh, Miss!“ Die Augen der alten Dame weiten sich. „Nix gut! Sonne muss machen langsam braun! So viel von Sonne machen Falten!“

Mia mustert das faltige, zerfurchte Gesicht von Rosalia. *Wer im Glashaus sitzt ...* Sie beißt sich auf die Zunge. *Du hast Respekt vor dem Alter.*

„Sie hier warten. Ich Hilfe holen.“ Rosalia nickt mit grimmiger, entschlossener Miene und lässt Mia neben ihrem Putzwagen im Flur einfach zurück.

Hilfe holen? Was für Hilfe? Ein Sondereinsatzkommando, das die Sonne wegen vorsätzlicher Körperverletzung verhaftet?

Unschlüssig bleibt Mia neben dem Wägelchen stehen. Eigentlich würde sie sich lieber aus dem Staub machen, aber ihr Gefühl sagt ihr, dass es besser ist, sich dieser resoluten alten Dame nicht zu widersetzen.

Nach ein paar Minuten erscheint Rosalia mit einem geheimnisvollen Lächeln auf den Lippen. Sie überreicht Mia triumphierend einen Glastiegel, der eine undefinierbare, braune Masse enthält.

„Äh … Danke“ antwortet sie irritiert. „Was ist das?“

Rosalias Augen leuchten. „Geheimrezept. Von Familia.“

„Oh. Ähm, und was mache ich damit?“ *Ich werde das bestimmt nicht essen.*

Rosalia schraubt den Deckel ab und taucht ihren runzligen Finger in die Masse. „So, Miss.“ Sie schmiert sich das braune Zeug auf die Wange. *Pocahontas auf Kriegsfuß.*

„Ich soll mich damit eincremen?“ Mia schnuppert vorsichtig am Inhalt und verzieht angewidert das Gesicht. *Ähhh. Riecht wie faule, modrige Erde.*

„Das ist Zaubercreme. Gesicht nicht mehr brennen und auch nicht mehr so leuchten wie Hummer.“

„Das ist nett. Ich … ich nehm das mal mit.“

Rosalia beginnt mit den Armen zu wedeln und scheucht Mia den Gang zurück. „Sie gehen jetzt Zimmer und nehmen Creme, lassen Creme zwei Stunden in Gesicht und auf Schulter. Und wenn gut, dann Sie können Rosalia zeigen.“ Die alte Dame reibt den Daumen am Zeigefinger und zwinkerte Mia zu.

Alles klar. Toilettenpapier- und Kosmetik-Mafia. Rosalia ist dick im Geschäft.

Mit der Creme in der Hand begutachtet sich Mia erneut im Spiegel. Zögerlich öffnet sie den Deckel, nimmt ein klein wenig mit der Fingerspitze auf und prüft die Konsistenz. *Viel kann nicht schiefgehen. Außer, dass ich einen Ausschlag bekommen könnte oder sich die Haut ablöst.* Mia taucht die

Finger ein und beginnt, die geröteten Stellen mit der Creme abzudecken. Es fühlt sich gar nicht so schlecht an. Nach und nach betupft sie alle geröteten Hautstellen, selbst die am Rücken erreicht sie nach mehreren akrobatischen Verrenkungen ihrer Arme. *Und jetzt? Zwei Stunden warten?* Sie holt sich ihr Handy und den Pager aus der Tasche, legt ein Handtuch aufs Bett und setzt sich vorsichtig. *Das werden lange zwei Stunden.* Sie wählt bei ihrem Handy die Fotofunktion aus und hält sich die Kamera vor das Gesicht. *Ich sehe aus wie der Grinch*, denkt sie, als sie das Bild begutachtet. Rosafarbene Ränder um Mund und Augen, der Rest bedeckt von einer khakifarbenen Masse. Erneut hält sie die Kamera vor ihr Gesicht, schneidet Grimassen und drückt ein paar Mal ab. Das schönste Bild lädt sie in ihre WhatsApp-Gruppe und kommentiert: »Wellnessprogramm für Singles. Die Prinzessin macht sich hübsch für ihren Traumprinzen.«

Gerade als sie die Nachricht versendet hat, leuchtet ihr Pager auf.

»Von 99: Du befolgst nicht gerne Regeln oder Ratschläge, kann das sein?«

Mia legt den Pager genervt zur Seite. Mister Oberschlau kann sie jetzt gar nicht gebrauchen. *Spiel doch Muskelzucken und lass mich in Ruhe*! Wieder leuchtet das Gerät auf.

»Von 99: Quark soll in so einem Fall helfen. Nicht essen, sondern die Haut damit einschmieren.«

Kleiner Cremefetischist, hm? »An 99: Ich weiß nicht, was du meinst. Falls du auf Sonnenbrand anspielst – ich habe keinen.«

»Von 99: Wem willst du was vom Pferd erzählen? Du bist leuchtend wie eine Boje unter Deck verschwunden. Wenn das kein Sonnenbrand ist, dann machen wir gerade eine Pilgerreise.«

»An 99: Dann kannst du dir deine Kutte anziehen und das Deck segnen – ich habe KEINEN Sonnenbrand.«

»Von 99: Komm doch wieder zum Pool, dann kann ich mich selbst davon überzeugen ☺«

»An 99: Ich habe gerade keine Zeit und Lust, irgendwem irgendwas zu beweisen.«

Ein kleiner Schlammtropfen saust am Pager vorbei auf ihr Handtuch.

»Von 99: Dann eben nicht. Heute Abend ist ja wieder Party angesagt – da werde ich dich schon finden. Immer dem Leuchten nach …«

Schnaubend legt Mia den Pager zurück aufs Bett. *Den Triumph gönn' ich dir nicht. Wenn die Zaubercreme versagt, dann bleib ich im Zimmer. Das fehlt mir noch, dass ich so ein grinsendes Ekelpaket an der Backe habe, das mir den ganzen Abend ein „hättest du mal auf mich gehört" vorhält. Nenene.* Mia schielt auf ihre Schulter. An manchen Stellen scheint die Creme schon zu trocknen, denn sie nimmt eine hellere Grünfärbung an. Ihr Handy summt.

»Von Lucy: Du hast da was falsch verstanden! Es heißt, dass die Prinzessin einen Frosch küssen muss, damit er sich in ihren Traumprinzen verwandelt – nicht aber, dass die Prinzessin sich in einen Frosch verwandeln muss, um einen kennenzulernen. Was hast du denn da für ein Zeug im Gesicht?«

Mia grinst und schreibt zurück: »Eine Zaubercreme von der schiffseigenen Kräuterhexe. Die soll Wunder wirken. Wir werden sehen.«

»Von Lucy: Na hoffentlich bekommst du auf das selbstgepanschte Zeug keinen Ausschlag.«

Mias Grinsen erlischt. Noch juckt nichts. Vorsichtig befühlt sie die eingecremten Stellen, kann aber keine Pusteln ausmachen.

»An Lucy: Ich schick dir nachher ein Bild. Aber schlimmer kann es eigentlich nicht werden, ich sehe aus wie ein indianisches Streifenhörnchen!«

»Von Lucy: Das kannst du bestimmt mit Make-up abdecken. Nicht, dass du das als Ausrede nimmst, dich auf dem Rest der Reise im Zimmer zu verschanzen! Denk dran, du wolltest in die Offensive gehen … Ich muss jetzt zum Zug, meld´ mich heute Abend. Hab dich lieb!«

Mia seufzt. Gerade als sie eine Antwort tippen will, öffnet sich die Tür und Nina stößt einen erschrockenen Schrei aus. „Wie siehst du denn aus?"

Mia versucht ein Lächeln. „Das soll gegen den Sonnenbrand helfen."

Nina nähert sich langsam, stellt ihre Badetasche ab und setzt sich neben Mia auf das Bett. „Was ist denn das für ein komisches Zeug?" Sie beugt sich zu Mias Schulter und schnuppert zaghaft. „Uhhh, das riecht ja übel!"

„Das hat mir das Zimmermädchen gegeben. Ist irgendein uraltes Familiengeheimrezept. Das muss jetzt zwei Stunden einwirken, danach soll der Sonnenbrand verschwunden sein." Mia zuckt ergeben mit den Schultern.

„So kannst du aber nicht zum Essen." Nina schüttelt missbilligend den Kopf. „Soll ich dir was holen?"

Mia ist der Appetit vergangen. „Das ist lieb von dir, aber ich hab gar keinen Hunger mehr."

Langsam breitet sich auf Ninas Gesicht ein Grinsen aus. „Dann haben wir jetzt zwei Stunden, um uns besser kennenzulernen. Und ich kann dir deine Nägel machen!" Sie klatscht begeistert in die Hände, springt auf und kramt aus dem Schrank ein Täschchen hervor. Neben Mia öffnet sie das Etui und breitet die Utensilien auf dem Bett aus. „Komm schon, gib mir deine Hand!"

Resigniert hält Mia ihr die linke Hand hin und seufzt. „Aber bitte keine grellen Farben."

Nina lächelt. „Lass mich nur machen! Es wird toll aussehen." Sie beginnt, einen Nagel nach dem anderen in Form zu feilen. Mia ist überrascht, wie schnell und professionell sich Nina von einem Finger zum nächsten arbeitet.

„Warum bist du eigentlich noch Single?", fragt Nina beiläufig, ohne dabei den Blick von Mias Händen zu nehmen.

„Naja, ich hatte eine Beziehung. Recht lange sogar. Und, ähm, als die dann vorbei war …" *und er mir das Herz gebrochen hat* „… da habe ich gemerkt, dass ich es eigentlich gut finde, allein zu sein." *Fast die Wahrheit.* „Ich kann tun und lassen, was ich will. Muss mit niemandem Rücksprache halten, keine Kompromisse eingehen … Ich meine, das hat doch was?"

„Und warum bist du dann hier?" Konzentriert arbeitet Nina weiter.

Mia neigt den Kopf. *Ja, warum bin ich hier eigentlich gelandet ...* „Weil meine Freundinnen meinten, es sei an der Zeit.“ Sie kann förmlich sehen, wie Lucy die Hände in die Hüfte stemmt und ihr einen bösen Blick zuwirft. „Und weil ich etwas ändern will. Ich meine, alle meine Freundinnen haben Partner. Ich bin die Einzige aus unserer Clique, die keinen Freund hat …“, schiebt Mia achselzuckend hinterher.

„Du suchst einen Partner aus Gruppenzwang?“ Jetzt unterbricht Nina doch kurz ihre Arbeit und sieht erstaunt auf. „Jetzt echt?“

Mia windet sich unbehaglich. „Nicht direkt. Also irgendwie schon. Ich weiß auch nicht.“ Sie seufzt laut.

„Hm. Er hat dir wehgetan, oder?“ Nina blickt ihr direkt in die Augen.

Mia erstarrt kurz, schluckt und senkt den Kopf. *Jetzt bloß nicht weinen!* „Er hat mich betrogen. Aber das ist schon lange her.“ Erleichtert fühlt sie, dass Nina ihre Arbeit an den Nägeln wieder aufgenommen hat.

„Mein Ex hat mich auch betrogen. Und mein Ex-Ex auch. Und mein Ex-Ex-Ex …“ Sie unterbricht kurz und lacht bitter. „… wahrscheinlich haben sie mich alle betrogen. Irgendwie erwische ich immer den falschen Kerl! Meine Freundinnen haben mich eigentlich bei jedem gewarnt und recht behalten. Aber was soll man machen? Wenn man verliebt ist, will man das alles nicht sehen.“ Sie legt die Feile zurück in ihr Täschchen und nimmt ein anderes, feilenartiges Ding heraus. „Aber die Kerle müssen doch bei dir Schlange stehen? Ich meine, du siehst gut aus, bist schlau und selbstbewusst. Wie lange bist du denn schon Single?“

Mia räuspert sich. „Ein paar Monate." *Drei Jahre sind ja ein paar Monate. Ein paar mehr eben.* „Und du?"

„Vier Monate, eine Woche und zwei Tage. Er hat mir meine Wohnung ausgeräumt, als er mich verlassen hat. Ich kam nach Hause und die Couch, der Fernseher und noch ein paar andere Sachen waren einfach weg."

„Er hat dich beklaut?" Mia zieht die Augenbrauen hoch und stößt hörbar Luft aus.

„Ja, aber das war auch irgendwie mein Fehler. Ich habe ihn erst drei Wochen gekannt, weißt du? Sein Freund hatte ihn damals rausgeworfen, einfach so, stell dir das mal vor, und da habe ich ihn bei mir einziehen lassen. Ich meine, wo hätte er denn hin sollen? Ich musste ihm doch helfen." Sie beginnt, Mias Nägel zu polieren. „Und dann kam ich an einem Mittwoch von der Abendschule nach Hause und alles war weg. Leer. Ich habe ihn zwar so oft gebeten, seinen Kram wegzuräumen, aber da hat er mich wohl falsch verstanden. Meine Sachen sollte er nicht wegräumen." Sie lacht trocken.

„Darüber kannst du lachen?" Mias Augenbrauen sind nun fast bis zum Haaransatz hochgezogen.

„Was soll ich denn machen? Es ist, wie es ist. Und ich bin selbst schuld. Jemandem schon nach drei Wochen den Schlüssel für die Wohnung zu geben – so blöd kann auch nur ich sein."

„Naja, also jemandem nach drei Wochen schon so zu vertrauen, ist vielleicht etwas vorschnell …" *Du kannst jemandem auch nach ein paar Jahren nicht vertrauen.* „… aber das konntest du doch nicht ahnen!"

„Wer so blöd ist, dem gehört es nicht anders. Das sagt meine Mutter auch immer. Ich lerne einfach nichts dazu.“ Sie lächelt schief und zuckt mit den Schultern.

Das ist das erste Mal, dass Mia mit Nina Mitleid empfindet. Nina ist vielleicht naiv, aber dennoch irgendwie liebenswert. Und ganz bestimmt hat sie etwas Besseres als Betrüger und Fremdgeher verdient. „Vielleicht solltest du es das nächste Mal einfach etwas langsamer angehen lassen, hm?“ *Jetzt gebe ich schon Beziehungstipps. Du Heuchlerin. Selbst verstockt und unfähig, aber anderen Ratschläge erteilen. Klasse, Mia!*

„Ja, das nehme ich mir jedes Mal vor. Und dann kommt die rosarote Brille und ich vergesse alles. Vorsätze – gelöscht.“ Sie wedelt mit der Hand durch die Luft. „Dave finde ich übrigens super. Den würde ich nicht von der Bettkante stupsen.“ Sie kichert.

Teleshopping-Dave. Oh Gott! Der würde seine Großmutter verkaufen. „Ich weiß nicht. Der scheint mir aber auch nicht der Treueste zu sein. Der flirtet doch jede an.“

„Ich will ihn doch nicht heiraten … Aber um sich den Urlaub zu versüßen, ist es doch erlaubt?“ Nina grinst breit. „Ich will Spaß haben. Das ist immerhin mein Jahresurlaub.“ Sie nickt bekräftigend. „Hast du denn noch gar keinen entdeckt?“

Den Cremefetischist. Den Bis-drei-Zähler. Stefan. „Nein, nicht wirklich. Ich glaube auch nicht, dass man hier die große Liebe finden kann. Das ist eher ein Party-Schiff.“

Nina drückt Mias Hand. „Na dann sollten wir Party machen und den Urlaub genießen! Heute Abend ziehen wir zusammen los und haben Spaß, okay?“

Sie sieht in Ninas große, blaue Augen, die sie strahlend und mit aufrichtiger Freude anblicken.

„Okay. Das ist ein guter Plan."

Mia fühlt sich mies. Sie hat über Nina schlecht gedacht, schlecht gesprochen, sich nicht gerade freundlich verhalten, und dabei war Nina nett! Aber entweder hat ihr Nina das einfach nicht übel genommen, oder sie hat es nicht mal bemerkt. Zumindest nimmt sich Mia vor, sich ab jetzt anders ihr gegenüber zu verhalten. *Das war auch so eine Art Entschuldigung. Hm. Eine heimliche eben.*

Eine halbe Stunde später verschließt Nina den Nagellack. „Fertig."

Staunend betrachtet Mia ihre Fingernägel. Nina hat mit dezenten Farben gearbeitet und nur die Spitze mit einem Muster überzogen. So schöne Nägel hat sie noch nie gehabt. „Wow! Das sieht ja echt toll aus!" Bewundernd dreht sie ihre Hände hin und her. „Du bist echt gut! Dankeschön!"

Verlegen lächelnd packt Nina ihre Utensilien zusammen und verschließt das Täschchen. „Gern geschehen. Und wenn was abplatzt, dann sag mir Bescheid! Wird sofort repariert." Sie wirft einen Blick auf die Uhr. „Hm. Fast halb sechs. Wollen wir uns fürs Abendessen fertigmachen?"

Seufzend schiebt sich Mia vom Bett. „Gut. Aber zuerst muss Hulk unter die Dusche."

„Oh, daran habe ich gar nicht gedacht. Hm. Du solltest kalt duschen, sonst wäre das schlecht für die frisch lackierten Nägel." Sie lächelt entschuldigend.

„Na toll". Noch lauter seufzend verschwindet Mia im Bad.

Erleichtert stellte Mia fest, dass sich die schlammfarbene Masse unter der Dusche sehr leicht ablösen lässt. Die Haut, die darunter zum Vorschein kommt, ist überraschenderweise tatsächlich nicht mehr stark gerötet. Mia jubelt leise auf. *Rosalia, du altes Teufelsweib!* Grinsend macht sie sich daran, so schnell wie möglich die komplette Creme zu entfernen.

Vorsichtig trocknet sie nach der Dusche die Haut ab, zieht sich an und stellt sich vor den Spiegel. Ihr Gesicht ist zwar leicht gerötet, aber mit ein bisschen Make-up würde das als ‚Urlaubsbräune' durchgehen. Sie beugt sich nach vorn und beginnt, ihre Wangen abzupudern.

„Die Creme ist echt der Hammer!", ruft sie Richtung Zimmer.

„Ehrlich?", tönt es aus dem Schlafraum. „Zeig! Das will ich sehen!"

Mia öffnet die Tür und Nina umrundet Mia staunend.

„Krass, kaum eine Spur von Sonnenbrand! Nur ganz leicht gerötet! Diese Creme ist wirklich ein Zaubermittel!" Dann fällt ihr Blick auf Mias Gesicht und den Puder in Mias Hand. „Darf ich dich schminken?"

„Na gut", antwortet Mia zögerlich. „Aber eher dezent bitte. Und du musst aufpassen, weil ich doch Kontaktlinsen habe. Ein Schminkbrösel ins Auge und ich fange an zu weinen."

„Keine Angst, ich bin ganz vorsichtig." Nina schnappt sich ihr Make-up, dirigiert sie rückwärts zurück ins Zimmer und drückt sie sanft an den Schultern aufs Bett. „Augen zu!", befiehlt sie und beginnt sofort, Mias Gesicht mit dem Schwamm abzudecken. Es fühlt sich seltsam an, wie ihre Backen so fremdbestimmt hin- und hergezogen werden.

„Die Augenbrauen sollten wir auch mal zupfen. Du hast ja schon fast was von diesem Politiker! Fällt mir gerade nicht ein, wie der heißt. So ein alter Mann mit Büschen über den Augen."

He! „Die habe ich erst gestern gezupft!", versucht Mia sich zu rechtfertigen.

„Kann sein, aber du hast die Hälfte der Äste stehen gelassen." Nina lacht. „Das machen wir später."

Nina versucht den Lidschatten so sanft wie möglich aufzutragen, trotzdem zuckt Mia immer wieder zusammen. „Geht's?"

„Hmm", brummt Mia.

Ein paar Minuten später ist alles still. Mia wagt es nicht, sich zu bewegen. „Bin ich fertig?"

„Ja, das bist du."

Als Mia die Augen öffnet, mustert Nina sie mit einem prüfenden Blick. Dann nickt sie zufrieden und ihr Ausdruck entspannt sich. „Du siehst klasse aus! Komm, schau dich an!" Aufgeregt schiebt sie Mia vor sich her ins Bad.

„Und? Gefällt es dir?" Nina steht unsicher im Türrahmen.

Staunend betrachtet Mia ihr Gesicht im Spiegel und erkennt sich selbst kaum wieder. „Du bist der Wahnsinn!" Sie dreht ihr Gesicht bewundernd hin und her. „So toll habe ich ja noch nie ausgesehen!"

Nina lächelt breit. „Na dann mach ich mich noch schnell fertig und dann können wir los!

Mia macht den Platz vor dem Spiegel frei und greift nach ihrer Haarbürste, um sich zu kämmen. Doch kurz vor ihrem Kopf hält sie plötzlich in der Bewegung inne und beäugt angewidert die Bürste. Zwischen den Borsten hängen Unmengen von blonden Haaren. „Nina …“, beginnt sie unheilvoll, „ … wenn du schon meine Bürste benutzt, dann wäre es nett, wenn ich nicht eine ganze Perücke darin hängen habe!“

„Oh, entschuldige. Vergessen!“ Völlig unbeeindruckt entfernt Nina mit ein paar geübten Bewegungen ein Haarknäuel aus der Bürste und drückt sie der verärgerten Mia wieder in die Hand. „Im Übrigen würde ich mir eine Rosshaarbürste zulegen, die sind besser.“

Henkersmahlzeit

Am Eingang des Restaurants sind links und rechts Stehpulte aufgebaut, an denen das Personal den Gästen die Tische zuweist. „Name und Nummer?“, fragt die Stewardess höflich.

Wie im Gefängnis. Nummer 13, treten Sie vor! Henkersmahlzeit. „Mia Lockner, Nummer 13.“

Die Dame sieht kurz in ihrem Computer nach, dann schenkt sie ihr ein breites Lächeln. „Sie sitzen an Tisch 37. Das ist hier links den Gang entlang, der zweite Tisch vor der Bühne.“ Damit wendet sie sich Nina zu, die hinter Mia in der Reihe steht.

„Wir sehen uns später im Zimmer“, verabschiedet sich Mia über die Schulter und dreht sich nach links. Einfach nur essen wäre toll gewesen. Sie fühlt sich unwohl und beobachtet, weil keiner der anderen Gäste weiß, an welchem Tisch sie sitzen wird. Wie ein Spießrutenlauf. Tisch 35, 36 … Erleichtert sieht sie das Kärtchen mit der 37, dann fällt ihr Blick auf die Gäste, die bereits am Tisch sitzen.

Zwei Frauen, die ihr zwar zunicken, sie aber gleichzeitig von oben bis unten mustern, und ein unsicher dreinblickender, hagerer Mann, der sofort aufspringt, um ihr den Stuhl ein Stück zurückzuziehen. Die anderen zwei Plätze sind noch leer. Mia lächelt einmal in die Runde und setzt sich. „Hi. Ich bin Mia“, stellt sie sich vor.

„Ich bin Steffi, und das ist Simone", erwidert eine der Frauen gelangweilt. Sie ist übermäßig stark geschminkt und trägt ein eng anliegendes, schwarzes Glitzer-Top. Simone nickt schüchtern, als wolle sie die Richtigkeit ihres Namens bestätigen.

„Und ich bin der Ralf." Er streckt Mia nervös lächelnd seine dünne Hand entgegen.

Mia ergreift sie vorsichtig. *Nur nicht zu fest drücken, sonst – knacks.*

Und schon geht der Gruppe der Gesprächsstoff aus. *Der Jackpottisch.* Schweigend sitzen sie nebeneinander und starren Löcher in die Luft.

Eine Frau im Paillettenkleid betritt die Bühne und beginnt nach einem mageren Applaus leise bekannte Songs nachzusingen. *Fahrstuhlmusik.* Mia beobachtet die anderen Tische. An manchen scheint das Konzept des Veranstalters aufzugehen – die Leute unterhalten sich angeregt, lachen und stoßen mit ihren Getränken an. An anderen Tischen herrscht ein ähnliches Klima wie an ihrem Tisch. Eiszeit. *Von wegen globale Erwärmung.*

Mia mustert gespannt die nächsten eintreffenden Gäste und fängt an, sich den ein oder anderen an den Tisch zu wünschen. Da betritt der Luftballon-Rammler das Restaurant. *Neinneinnein. Bitte nicht!* Sie versucht sich im Lippenlesen, kann aber die genannte Tischzahl nicht erkennen. Der Mann nickt der Stewardess kurz zu und schlägt die Richtung zur Bühne ein. *Bieg ab. Bieg ab!* Er steuert auf ihren Tisch zu. Bis zuletzt versucht Mia, ihn mit der Kraft ihrer Gedanken an einen anderen Tisch zu lotsen, doch er bleibt genau hinter Mia stehen und legt die Hände auf ihre Stuhllehne. Allein die kleine Berührung verursacht ihr eine Gänsehaut.

„Hallo zusammen!“, tönt er laut. „Ich bin Mike.“

„Ich bin die Steffi!“ Und plötzlich sieht Steffi gar nicht mehr gelangweilt aus. Ganz hektisch setzt sie sich gerade hin und strahlt Mike an. „Das ist Ralf, oder Rolf, Simone und Mia, oder? Du heißt doch Mia?“ Steffi runzelt die Stirn.

Ja, sich drei Namen zu merken war schon eine Mammut-Aufgabe. „Hmm“, brummt Mia und wäre am liebsten unter den Tisch gerutscht.

Mike beugt sich seitlich, um sie sich genauer anzusehen. „Na wenn das mal nicht unsere bissige Spielverderberin ist.“ Er zwinkert ihr zu und setzt sich direkt auf den freien Platz neben Mia.

„Du warst echt toll bei dem Spiel heute!“, säuselt Steffi ihn an und dreht sich eine Haarsträhne um den Zeigefinger.

„Ja, ich war nicht schlecht. Aber nichts gegen das bissige Kätzchen hier neben mir.“

Mia nimmt sich die Serviette und beginnt, Ecken umzuschlagen und mit dem Finger glattzustreichen. Heimlich schielt sie zu Mike hinüber auf seine Brust, aber der Winkel ist ungünstig, sie kann die Zahl auf seinem Anstecker nicht lesen. Da brummt ihr Pager. Sie nimmt das Gerät aus ihrer Handtasche und beginnt zu lesen.

»Von 99: Vergiss, was ich über deine Bojenfarbe gesagt habe. Du hattest recht und ich hatte unrecht. Du siehst fantastisch aus!«

Mike beugt sich über ihren Pager. „Mit wem schreibst du denn da? Keiner ist so gut wie ich, Süße.“

Automatisch dreht sie das Display von ihm weg. „Das ist privat und geht dich gar nichts an! Und ich bin nicht deine Süße!“, faucht sie.

„Huhhh, das Kätzchen fährt die Krallen aus.“ Er hebt abwehrend die Hände. „Ich steh auf böse Mädchen.“ Er grinst anzüglich und lehnt sich gespielt ängstlich zurück. „Warum hast du mir eigentlich noch nicht geschrieben? Du hast ja heute gesehen, was ich drauf habe.“ Er leckt sich über die Lippen und Steffi kichert.

Mias Blick fällt auf seine Brust. 122. Genervt durchsucht sie in ihren Pager.

„Jetzt musst du mir nicht schreiben, ich sitze genau neben dir.“ Er lacht laut auf.

Wo war diese Funktion bloß? Ah. Perfekt. Nummer sperren. 122. Sie wollen Nr. 122 sicher sperren? Ja. Wollen Sie diese Nummer melden? Nein. Zufrieden legt sie den Pager auf den Tisch.

„Schätzchen, du hast dich vertippt. Deine Nachricht ist nicht angekommen.“ Er grinst breit und tippt auf seinen Pager.

„Ich hab dir nicht geschrieben, ich habe deine Nummer gesperrt“, antwortet Mia kühl.

Mit einem Schlag ist es totenstill. Die Blicke von Steffi und Simone wechseln zwischen Mia und Mike hin und her. Ralf starrt lieber Löcher in die Tischdecke.

Mike blinzelt erst irritiert, dann verdunkelt sich sein Blick. „Kein Kätzchen, sondern eine Spaßbremse. Soso. Na dann viel Spaß noch, vielleicht findest du ja noch einen Besen, der sich mit dir unterhalten möchte.“ Ruckartig steht er auf und fordert Ralf mit einer Geste auf, mit ihm Platz zu tauschen. Folgsam packt Ralf hastig seine Sachen und beeilt sich, den Stuhl für Mike freizumachen.

Mias Gesicht glüht. *So ein Idiot!* Wütend bearbeitet sie ihre Serviette, während sich Ralf unbehaglich räuspernd neben sie setzt. Ihr Pager brummt.

»Von 99: Alles in Ordnung bei dir? Du siehst aus, als ob du gleich explodierst.«

»An 99: Diese Idee, einfach x-beliebig irgendwelche Leute zusammenzusetzen, ist idiotisch!!! Und ich sitze an einem Idiotentisch!«

Kaum hat sie die Nachricht gesendet, schnellt ihr Kopf nach oben und sie sucht die umliegenden Tische ab. Wenn er ihre Gemütslage erkennt, kann er nicht allzu weit weg sitzen!

„Unser bissiger Besen hat Witterung aufgenommen", raunt Mike Steffi zu, gerade noch so laut, dass Mia es hören kann.

Ganz langsam dreht sie sich um. „Hör mal, ich weiß nicht, was für ein Problem du hast …" Ihre Stimme zittert.

„Hey, hallo."

Jemand berührt sie sanft an der Schulter und Mia fährt wütend herum.

„Entschuldige, ich wollte dich nicht erschrecken." Nummer 42 steht hinter ihr und hebt beschwichtigend seine Hände. „Wir hatten am Fahrstuhl keinen so guten Start, und da dachte ich … Also bei uns ist noch ein Platz am Tisch frei, und wenn du so mutig bist, dich den Regeln hier zu widersetzen …", er lächelt unsicher „… dann würde ich mich freuen, wenn du dich zu uns setzt? Natürlich nur, wenn du möchtest."

Mia stopft wutentbrannt den Pager in ihre Handtasche und steht geräuschvoll auf. „Sehr, sehr gern.“ Ohne ein weiteres Wort zu verlieren, marschiert sie los.

„Ähm, wir sitzen da hinten“, ruft ihr Nummer 42 verlegen hinterher und zeigt in die andere Richtung. Mia macht wortlos kehrt, lässt ihm aber dann den Vortritt.

Der Retter vs. Nummer 99

„Danke“, seufzt Mia, nachdem sie sich auch an diesem Tisch vorgestellt hat und von allen freundlich in die Runde aufgenommen worden ist.

„Gern geschehen. Irgendwie hast du da drüben keinen so glücklichen Eindruck gemacht. Sah eher so aus, als ob du vorhattest, den einen Kerl am Tisch zu filetieren.“ Er lacht. „Unangenehmer Tischgenosse?“

„Unangenehm ist ein zu nettes Wort für diesen Kerl. Ein Idiot ist das!“ Mia ist immer noch auf 180.

Ein Kellner tritt an ihren Tisch, um die georderten Getränke abzustellen.

„Wären Sie so nett, noch ein Gedeck zu bringen? Ich habe die Dame an unseren Tisch eingeladen.“ Nummer 42 lächelt freundlich.

„Das geht eigentlich nicht …“, setzt der Kellner an.

„Ich muss sie einfach besser kennenlernen!“ Er wirft einen kurzen Seitenblick auf Mia. „Das verstehen Sie doch sicher.“ Er zwinkert dem Kellner zu.

Dieser sieht zu Mia und sie versucht, nicht zu flehend und verzweifelt zu wirken. Der Kellner lächelt und nickt ihr kurz zu. „Nun gut. Ich werde eine Ausnahme machen. Ich bringe sofort das Gedeck.“ Nummer 42 hebt sein Glas und lächelt Mia an. „Ich heiße Felix, und du?“

„Mia. Und nochmal danke. Du hast mir echt den Abend gerettet.“

Felix scheint zwar ein netter Kerl zu sein, nur leider hat er keine Ahnung, wie man ein Gespräch führt. Aber mit Monologen kennt er sich aus. Er erzählt und erzählt und Mia bemüht sich, interessiert zu wirken. Die Stimmung am Tisch ist angenehm, das Essen wirklich lecker, und trotzdem muss Mia immer wieder ein Gähnen unterdrücken. *Bestimmt die viele Sonne. Hm.* Felix erzählt gerade irgendwas vom Hausumbau seiner Eltern, als plötzlich ihre Handtasche summt.

„Du hast eine Nachricht bekommen.“ Felix unterbricht seinen Wortschwall und nippt an seinem Glas.

„Ich lese sie später.“ Mia will nicht unhöflich sein, aber neugierig ist sie schon.

Ihre Handtasche summt erneut. „Entschuldige bitte kurz!“ Sie zieht den Pager aus der Tasche und liest.

»Von 99: Vom Regen in die Traufe ☺«

»Von 99: Vielleicht singt er dir noch ein Schlaflied …«

Mia unterdrückt ein Grinsen. Schnell tippt sie ihre Antwort: »An 99: Ich werde hier sehr gut unterhalten, ich weiß gar nicht, was du hast.«

Sie steckt den Pager zurück in ihre Handtasche und lächelt Felix entschuldigend an. Da summt es schon wieder. Felix tut, als ob er es nicht bemerken würde und füllt die Gläser nach.

»Von 99: Du solltest gehen, bevor dein Kopf auf die Tischplatte sackt und du zu schnarchen anfängst. Das wäre sehr unhöflich, weißt du?«

»An 99: Ich fühle mich sehr wohl. Du musst dir also keine Sorgen machen. Im Übrigen ist es sehr unhöflich, eine Unterhaltung zu stören! Und: Ich schnarche nicht!«

Mia sendet die Nachricht ab und steckt den Pager zurück in die Tasche. Ihre Tasche summt kurz darauf erneut, doch dieses Mal ignoriert Mia die Nachricht. Aber auch ohne Unterbrechungen wird das Gespräch mit Felix nicht besser. Sie gibt sich wirklich Mühe, doch Mia wird immer wortkarger und träger. Hinter ihrer Hand versteckt sie ein Gähnen und blinzelt. *Bestimmt ist die Sonne schuld. Und das Essen. Und erst die schlechte Luft hier drin!*

„Du, ich werde jetzt ins Zimmer gehen. Irgendwie bin ich hundemüde, entschuldige."

Felix lächelt etwas enttäuscht, fängt sich aber schnell wieder. „Gehst du dann heute Abend überhaupt auf die Party?"

„Bis dahin bin ich hoffentlich wieder fit."

„Na dann, vielleicht bis heute Abend. Dann können wir ja weiterreden. Ich würde mich freuen." Er steht mit auf, nimmt ihre Hand und deutete einen Handkuss an.

Verlegen zieht Mia ihre Hand zurück. „Ja, vielleicht bis heute Abend. Ciao Leute."

Sie winkt noch einmal in die Runde und verlässt dann das Restaurant. Auf dem Weg nach draußen summt ihre Handtasche erneut. Kaum ist sie um die Ecke gebogen, zieht sie den Pager aus der Tasche.

»Von 99: Das ist keine Unterhaltung, das ist ein Monolog. Also störe ich nicht.«

»Von 99: Und das nächste Mal klatscht er dir einen Handschuh ins Gesicht und fordert dich zum Duell! Aus welchem Zeitalter ist der denn entsprungen?«

Mia lacht laut auf. Während sie in den Fahrstuhl steigt, tippt sie bereits die Antwort. »An 99: Ich gehe heute Abend auf die Party. Da kannst du mir gerne beweisen, dass du das besser kannst. Hm?«

Sie schickt die Nachricht ab und wartet gespannt. Doch es tut sich nichts.

Selbst als sie ihre Zimmertür aufsperrt, hat er immer noch nicht geantwortet. Mia öffnet den Wandschrank und durchforstet ihre Kleider nach einem passenden Outfit für diesen Abend. Ein paar der Kleidungsstücke legt sie aufs Bett. Immer wieder wirft sie einen Blick auf den Pager, doch Nummer 99 bleibt stumm. *Hosen voll, hm*?

Sie legt sich auf die freie Bettseite und schließt die Augen.

Mia hat gerade ein wenig gedöst, als Nina vom Abendessen zurück ins Zimmer kommt und sich mit einem Rumms neben sie auf das Bett wirft. „Ich hab so viel gegessen … Du musst mich nachher auf die Tanzfläche rollen, ja?"

Hastig zieht Mia die herausgelegten Teile unter Nina hervor, die sich nur widerwillig zur Seite dreht.

„Und?", fragt Nina. „Wie war dein Tisch so? Meiner war todeslangweilig. Ich hab einen Strebertisch erwischt. Die haben sich andauernd über ihre Studiengänge und die geplanten Karrieren unterhalten." Sie verdreht die Augen.

Mia streicht die Oberteile mit den Händen glatt und legt sie verärgert über den Stuhl. „Mein erster Tisch war der Horror! Erinnerst du dich an den ersten Kerl bei diesem Luftballonspiel? Der Möchtegern-Arnie? Der saß bei mir am Tisch und hat mich andauernd blöd angemacht. Hätte mich Felix nicht zu sich an den Tisch geholt, hätte ich dem Anabolika-Heini wahrscheinlich meine Gabel in den Kopf gepikt!"

„Das klingt ja nach einem spannenden Abend!" Nina rappelt sich hoch, setzt sich in den Schneidersitz und legt sich ein Kissen auf ihren Schoß. „Und? Wer ist dieser Felix? Ein Ritter auf einem weißen Pferd?" Sie drückt das Kopfkissen an ihre Brust und seufzt erwartungsvoll.

Mia muss lachen. „Wohl eher nicht. Er war ja ganz nett, aber leider total langweilig. Er hat mich fast eingeschläfert."

„Schade." Nina zieht eine Schnute. „Das klang so gut!"

Mia wirft einen Blick auf ihren Pager. Immer noch keine Nachricht. „Aber mir schreibt andauernd die Nummer 99, allerdings weiß ich nicht, wer das ist."

„Oh, ein unbekannter Verehrer! Das ist spannend!" Nina klatscht vergnügt in die Hände. „Und? Trefft ihr euch heute?"

Mia zieht die Stirn kraus. „Das weiß ich nicht. Ich habe ihm zwar geschrieben, dass wir uns heute Abend treffen könnten, aber seitdem hat er nicht mehr geantwortet." Sie zuckt mit den Schultern.

„Oh das ist wirklich spannend!" Nina wirft das Kissen hinter sich. „Dann machen wir dich mal hübsch für deinen unbekannten Verehrer."

„Du bist echt gut!“ Staunend betrachtet Mia ihr Spiegelbild. Das dezente Make-up hat Nina etwas aufgefrischt und lediglich am unteren Wimpernkranz abgedunkelt. Mias blaue Augen leuchten richtig. Die Haare hat Nina mit ein paar kleinen Klammern locker hochgesteckt. Das ist kein „gewolltes, erzwungenes gut“-, sondern ein „zufällig immer hübsch“-Aussehen. „Komm her!“, sagt Mia und winkt Nina heran. „Ich brauche noch ein Beweisbild.“

„Ein was?“ Zögerlich stellt sich Nina neben Mia.

„Ich muss meinen Freundinnen doch zeigen, dass ich absolut ausgehtauglich bin. Also wenn ich keinen Mann finde, dann liegt es nicht an mir!“ Sie zieht Nina nah zu sich, hält die Kamera mit gestrecktem Arm vor ihre Gesichter und drückt ab. Schnell lädt sie das Bild in ihre WhatsApp-Gruppe und schreibt dazu: »Zwei heiße Feger auf dem Weg, um mal ordentlich die Tanzfläche zu kehren.«

Mia schiebt ihr Handy in das Nachtkästchen, steckt den Pager in ihre kleine Handtasche und klatscht zweimal auffordernd in die Hände. „Bist du soweit? Können wir los?“

„Bereit, wenn Sie es sind, Sir!“, kichert Nina, knickst und öffnet die Tür.

Als die beiden den großen Saal passieren, entdeckt Nina das Informationsbrett. Sie bleibt kurz stehen und liest quer über die angepinnten Zettel. „Schau mal, morgen könnten wir uns Korfu anschauen!“ Sie tippt auf ein wunderschönes Landschaftsbild, mit schneeweißen Häusern und türkisfarbenem Meer. „Das haben sie schon beim Essen angekündigt.“

Haben sie das? Da war ich wohl gerade in Gedanken dabei, Arnie zu ermorden. Hm.

„Soll ich uns eintragen?"

Mia sieht sich kurz die Beschreibung dazu an. Vier Stunden hat man Zeit, Korfu zu erkunden. Am Hafen steht ein kostenloser Shuttlebus in die Altstadt für die Gäste bereit, der sie später auch zum Schiff zurückbringen wird.

„Ein bisschen bummeln, warum nicht? Korfu ist bestimmt schön."

„Wie heißt du mit Nachnamen?"

„Lockner."

Nina trägt ihre beiden Namen und die Zimmernummer in die Liste und notiert sich die Zeiten.

Währenddessen prüft Mia die schon eingetragenen Teilnehmer. *Keine 122. Sehr gut. Aber auch keine 99. Hm. Vielleicht schreibt er sich ja später noch ein.* Noch sind ja ein paar Plätze frei.

Einäugig unter Blinden

Schon im Fahrstuhl kann man den Bass wummern hören. Und als sich die Fahrstuhltüren öffnen, schallt ihnen die Musik entgegen. Mia kneift kurz die Augen zusammen. „Das ist verdammt laut!“

Nina fischt eine Packung Taschentücher aus ihrer Handtasche. „Hier, nimm dir eins!“

Irritiert beugt sich Mia ein Stück vor. „Ich habe gesagt, dass es verdammt laut ist – nicht, dass meine Nase läuft!“

Nina fängt an zu lachen, dann zu japsen und zum Schluss nimmt sie ein Taschentuch, um sich die Lachtränen abzuwischen. „Das … das sollst du dir ins Ohr stecken!“

Super Idee. Toll geschminkt, aber ein Taschentuch im Ohr. Mia runzelt skeptisch die Stirn.

Nina reißt ein Stück ab, rollt es zu einer Tropfenform und steckt es sich ins Ohr. „So!“ Sie dreht den Kopf seitlich. „Nicht professionell, aber zumindest hilft es ein bisschen.“

Immer noch nicht ganz überzeugt, rollt sich Mia auch ein Stück ein und steckt es ins Ohr. Und tatsächlich dämpft das Taschentuch die Lautstärke ein wenig. Mia verstopft noch die zweite Seite, dann bahnt sie sich mit Nina den Weg zur Hauptbar. Von hier aus hat sie den besten Überblick. Sollte Nummer 99 auftauchen, würde sie ihn so am ehesten entdecken. Oder er sie.

„Ich bestell uns was, ja? Einen Sex-on-the-beach?“ Mia nickt und Nina beugt sich über den Tresen, um dem Kellner ein Zeichen zu geben.

Mia lehnt sich mit dem Rücken an die Bar. Die Tanzfläche ist zwar gefüllt, allerdings nur mit Grüppchen, die sich gegenseitig beäugen. Lange wird es nicht mehr dauern, und der Alkohol wird den kleinen Rest an Unsicherheit wegspülen. Oder den Anstand.

Nina hält ihr ein Cocktail-Glas entgegen und stellt sich neben Mia. „Hast du Lust zu tanzen?“

„Jetzt?“ Mia nimmt einen Schluck und schüttelt den Kopf. „Es tanzt doch noch keiner.“

„Na eben! Dann haben wir die Tanzfläche für uns!“ Nina boxt sie in die Seite. „Komm schon! Von den Leuten siehst du doch eh keinen wieder.“

Mia windet sich unbehaglich. „Ich will aber auch die Getränke nicht einfach so hier stehen lassen.“

Bevor sie noch mehr Ausreden finden kann, schnappt sich Nina beide Gläser und die Handtaschen, beugt sich zum Barkeeper, der daraufhin die Cocktails und Taschen unter der Bar verstaut. „Jetzt können wir los!“ Sie grinst breit, nimmt Mias Hand und zieht sie hinter sich auf die Tanzfläche. Mitten auf der Tanzfläche lässt Nina ihre Hand los und beginnt sich zur Musik zu bewegen.

Ich brauch eine Aufwärmphase! Mia steht völlig steif inmitten eines Lichtkegels und Nina fegt um sie herum. Verzweifelt beginnt Mia, hölzern mit der Hüfte zu wippen. *Vom linken auf den rechten Fuß. Das geht immer. Wie beim Traubenstampfen. Mein Taktgefühl steht an der Bar! Hilfe!* Alle umstehenden Zuschauer beobachten sie. Von interessierten Blicken der Männer bis hin zu abschätzigen, mitleidigen Blicken von ein paar Frauen ist alles dabei. Dankbar bemerkt Mia, dass nun auch andere die Fläche betreten. *Jaja. Wenn DIE tanzt, dann können wir auch. Pffft.* In der Masse verschluckt, entspannt sich Mia langsam und damit werden auch ihre Bewegungen lockerer. Selbst das Rhythmusgefühl hat ein Einsehen.

Plötzlich fängt Nina an, hektisch mit der Hand zu wedeln. *Ägyptischer Tanzmove?* Mia grinst und wedelt mit. Aber Nina schüttelt aufgeregt den Kopf und zeigt verdeckt in eine Richtung. Mias Blick folgt und sie erkennt Teleshopping-Dave, der sich tanzend vorwärts bewegt. Hier und da klatscht er Leute ab, wirbelt kurz einzelne Frauen über die Tanzfläche und hat dabei sein charmantestes Lächeln aufgesetzt. Jetzt ist es Nina, die etwas überfordert wirkt und nur noch von einem Fuß auf den anderen tippelt.

Der Traubenstampfer ist mein Tanzschritt. Mia schnappt sich Nina an den Hüften und schiebt sie Richtung Dave. Kurz vor ihm lässt sie von Nina ab und gibt ihr noch einen kleinen Schubs. Zufrieden sieht sie, dass Dave sich tatsächlich Nina zuwendet und sie antanzt. *Nach mir die Sintflut. Jetzt hab ich mir ein Päuschen verdient.*

Mia setzt sich lächelnd an die Bar. Vergnügt winkt sie Nina zu, die mit ihrem Hintern Dave anwackelt. Und Teleshopping-Dave scheint sichtlich interessiert. *Zumindest an Ninas Po.* Mia zeigt mit dem Daumen nach oben und dreht sich zum Tresen um.

Der Barkeeper beugt sich weit über die Theke, um Mia besser verstehen zu können. „Was darf's denn sein?“

„Meinen Sex-on-the-beach und meine Handtasche bitte. Die kleine rote." Sie zeigt unter die Bar. Der Barkeeper händigt ihr beides aus und zwinkert ihr zu. *Huhhh.* Hastig zieht sie den Pager aus der Tasche und tatsächlich hat sie zwei Nachrichten bekommen.

»Von 99: Mutig, mutig. Anfangs etwas staksig, nur ein B in der Haltungsnote, aber dann hast du doch noch die Kurve gekriegt. Den Schwierigkeitsgrad musst du allerdings hochschrauben. Ich konnte keinen einzigen Powackler erkennen, das gibt leider Abzüge.«

»Von 99: Du siehst toll aus …«

Mia grinst.

»An 99: Ich sitze direkt an der Bar neben der Tanzfläche. Obwohl du das Dank deiner Stalker-Qualitäten bestimmt schon weißt. Du kannst gerne vorbeikommen, um mich bei meiner Kür zu beraten.«

Lächelnd drückt sie auf Senden und atmet tief durch. Die Musik ist gut, das Tanzen hat Endorphine freigesetzt und ihre Laune ist auf dem Höhepunkt. Jetzt kann sie nur noch hoffen, dass sich Nummer 99 als ungemein attraktiver Mann entpuppt. Humor hat er jedenfalls.

Sie dreht sich mit dem Cocktail in der Hand um, um die zappelnde Menge zu beobachten und um natürlich Ausschau nach Nummer 99 halten zu können. Sie setzt das Glas an und dann sieht sie ihn kommen. Völlig unfähig zu reagieren. Im Augenwinkel sieht sie den metallenen Strohhalm, der am Innenrand des Glases entlang auf ihr Auge zu schlittert. Und pling! Sie blinzelt automatisch, aber die Sicht wird nicht besser. Das Ding hat ihr die Kontaktlinse aus dem Auge geschlagen! Sie blinzelt noch ein paar Mal, rollt mit dem

Auge, aber sie spürte nichts! Nicht verschoben, nicht verrutscht – weg!

Panisch stellt sie das Glas ab und befühlt erst einmal vorsichtig ihre Kleidung. *Bitte, bitte!* Nichts. *Verdammt!* Sie geht in die Hocke und betastet den Boden. Alles liegt dort unten, wirklich alles, aber nichts, was sich nach kleiner, mikroskopisch kleiner Linse anfühlt. Das linke Auge kneift sie zu, um wenigstens mit dem rechten scharf sehen zu können. Auf allen Vieren sucht Mia Zentimeter für Zentimeter ab.

„Kann ich dir helfen?“, fragen zwei Schuhe, direkt neben ihrem Gesicht.

„Pass auf, wo du hintrittst! Ich hab meine Kontaktlinse hier irgendwo verloren!“, ruft sie hektisch.

Aus dem Paar Schuhe werden Knie und schließlich erscheint das Gesicht eines Mannes auf ihrer Höhe. „Ich hab Augen wie ein Adler, die finden wir schon.“ Er hat eine ziemliche Fahne und das Gleichgewicht ist auch nicht mehr auf seiner Seite, aber das, was Mia erkennen kann, sieht in Ordnung aus, und drei Augen sehen ja immerhin mehr als eins.

„Das wäre echt nett.“ Sie schluckt.

„Sag mal, hast du Klopapier im Ohr?“, fragt er plötzlich verwundert.

Mia betastet ihre Ohrmuschel und stellt fest, dass sich das Taschentuch aufgefaltet hat und ein Fetzen übersteht. Genervt zieht sie sich den provisorischen Stöpsel aus dem Ohr. „Weil es so laut ist“, erklärt sie und macht sich wieder daran, den Boden abzusuchen.

Eine gefühlte Ewigkeit krabbeln die beiden am Boden herum, betasten jeden Fussel und Krümel, aber sie finden nichts. Mia setzt sich auf ihre Fersen und seufzt resignierend. „Das macht keinen Sinn. Die finden wir nie."

„Komm, trinken wir was zusammen!" Er streckt ihr die Hand hin und zieht sie nach oben.

Eigentlich will Mia nur noch in ihr Zimmer, aber der Kerl hat so nett geholfen, da kann sie ihm die Bitte ja kaum abschlagen. „Okay." Geknickt setzt sie sich auf den Barhocker, Farben und Lichter verschwimmen zu unförmigen Bällen, aber das linke Auge auf Dauer zuzukneifen, ist echt anstrengend. Abgesehen davon, dass es bestimmt unglaublich dämlich aussieht.

„Wie heißt du eigentlich?" Er hebt seinen Cocktail, um ihr zuzuprosten.

„Mia, und du?"

„Ich bin Stefan."

Noch ein Stefan. Mach deinem Namen mehr Ehre!

„Siehst du mich überhaupt?" Er wedelt mit der Hand vor ihrem Gesicht herum.

Oh, wie sie diese Witze hasst. „Ja, ich kann dich sehen. Nicht gut aber ja. Und wenn ich das Auge zukneife, dann seh´ ich dich scharf." Sie kneift demonstrativ das linke Auge zusammen. *Uh – soooo gut sieht er gar nicht aus*. Ihr Blick fällt auf seine Brust. *Keinen Anstecker*. Sie öffnet das Auge wieder. „Ist aber anstrengend so."

„Du hast ja bestimmt Ersatz dabei, oder? Ist ja nicht so schlimm."

Mia nimmt einen großen Schluck von ihrem Cocktail. „Nein, habe ich nicht. Ich habe zwar vor dem Urlaub Linsen bestellt, aber die kamen nicht mehr rechtzeitig. Ich habe nur eine Brille dabei.“ *Eine Nerd-Brille, verdammt!*

Plötzlich lacht Stefan laut auf. „Wenn’s irgendwo rumst und scheppert, dann weiß ich, dass du das bist. Irgendwo dagegen gelaufen.“ Er streckt die Arme wie ein Zombie vor sich und kriegt sich gar nicht mehr ein vor lauter Lachen.

Mia leert ihren Cocktail in einem Zug und wartet mit stoischer Miene ab, bis sich Stefan wieder beruhigt hat. Er wischt sich über die Augen und gluckst.

Sie lehnt sich zu ihm, und ihre Stimme klingt bedrohlich ruhig. „Eine Frage: Wenn mir nun ein Bein gefehlt hätte und meine Prothese kaputt gegangen wäre – hättest du dann jetzt auch Witze darüber gerissen? Hm? Oh, da kommt ja die Känguru-Mia?“ Sie stellt das leere Glas zurück auf die Tresen, schnappt sich ihre Handtasche und gleitet vom Barhocker. „Weißt du, ich habe über zehn Dioptrien, ich sehe ohne Linsen so gut wie nichts. Und soll ich dir was verraten? Ich finde das nicht lustig! Auch keine Maulwurfwitze. Das überrascht dich bestimmt, aber ich kann dem ‚fast blind sein‘ nichts Humorvolles abgewinnen. Ich wünsch dir noch einen schönen Abend.“ Ohne sich noch mal umzudrehen, schlängelt sie sich durch die Menge in Richtung Zimmer.

Nach ein paar Metern hat Stefan sie eingeholt und hält sie an der Schulter zurück. „He, es tut mir leid. Ehrlich. Hab nicht mitgedacht. Wie kann ich es wieder gut machen?“

Die Entschuldigung klingt aufrichtig, aber Mias Laune ist im Keller. Nicht Souterrain, sondern Keller. „Ist schon gut.

War nicht das erste Mal. Aber sei mir nicht böse, ich mag jetzt nur noch aufs Zimmer.“

„Okay, aber dann lass mich dich wenigstens begleiten.“

„Na gut.“ Wenn er sich dann besser fühlt? Immerhin liegt die heftige Reaktion auch daran, dass sie wütend auf sich ist. *Nur eine Brille im Urlaub! Mann, Mia.*

„Da sind wir.“ Stefan präsentiert ihr die Zimmertür, als hätte er sie eigens für sie anfertigen lassen.

„Na dann, danke. Gute Nacht!“ Mia sucht in ihrer Handtasche nach der Zimmerkarte.

Da beugt er sich plötzlich nach vorn und erst kurz vor ihrem Gesicht wird Mia klar, dass er sie küssen will. Völlig überrumpelt, stößt sie ihn wütend von sich und wischt sich reflexartig über den Mund. „Sag mal spinnst du? Hast du sie noch alle?“, faucht sie ihn an.

„Ich … ich dachte …“, stottert Stefan unsicher.

„Du dachtest was? Da geht was? Weil du mir beim Suchen geholfen hast? Weil du mich zum Zimmer begleitet hast? Was?“ Mias Laune ist nun am Erdkern angekommen. Sie hat vielleicht zehn Sätze mit diesem Kerl gewechselt und da will er sie küssen? „Habe ich dir auch nur irgendwie zu verstehen gegeben, dass ich das möchte?“ Sie hat ganz sicher nicht ein einziges Signal ausgesendet. Nicht eines! „Hab ich das ‚Gute Nacht‘ falsch betont, oder woran lag’s? Hm?“ Sie stemmt die Hände in die Hüften und nimmt Fahrt auf. „Meinst du, ich knutsche meinen Bäcker, weil er mir die Semmeln so nett in die Tüte gepackt hat, und danach steck ich dem Müllmann die Zunge in den Hals, weil er meine Tonne geleert hat? Hm? Und wenn mir der DHL-Mann ein Päckchen direkt vor die Türe bringt – da solltest du mich mal sehen!“ Mia kocht vor Wut.

Stefan tritt ängstlich den Rückzug an. „Ich … ich, ich geh dann besser.“ Fluchtartig dreht er sich um und hastet den Gang entlang.

„Jaja, besser wär’s …“, blafft sie ihm wütend nach.

Mit der Karte öffnet sie die Zimmertür und knallt sie hinter sich zu. *Das darf doch nicht wahr sein!* Mit Schwung lässt sie sich auf das Bett plumpsen und starrt an die Zimmerdecke. *Und jetzt?* Sie will diese hässliche Brille nicht tragen! Mia schnappt sich das Kopfkissen, drückt es sich auf das Gesicht und brüllt hinein.

„Alles in Ordnung?“

Sie hat gar nicht gehört, dass Nina das Zimmer betreten hat. „Nein, gar nichts ist in Ordnung!“, brummelt sie in das Kopfkissen. „Erst verlier ich eine Kontaktlinse und dann versucht mich dieser Vollidiot zu küssen!“ Sie zieht sich das Kissen vom Gesicht und schnauft. „So eine Kacke!“

Nina setzt sich neben sie auf das Bett und berührt sanft ihre Schulter. „Hat er dir was getan?“, fragt sie vorsichtig.

„Was?“ Irritiert dreht Mia den Kopf. „Stefan?“ Sie verdreht die Augen. „Nein, nicht wirklich. Der hat nur noch nie einen Kurs im ‚Signale deuten‘ belegt.“ Sie schüttelt den Kopf. „Der war einfach nur unsensibel und betrunken.“ Sie schließt die Augen und seufzt. „Aber ich hab mir mit so ’nem verdammten Strohhalm eine Linse aus dem Auge geschlagen und ich hab keine Ersatzlinsen dabei! Ich habe über zehn Dioptrien! In so einer Stärke hat keiner hier Ersatz dabei. Und ich hab jetzt schon Kopfweh. Mann, das ist alles so beschissen!“ Sie schluckt den Kloß in ihrem Hals hinunter.

„Hast du denn keine Brille?“, fragt Nina vorsichtig.

„Doch, aber warte …“ Mia rutscht vom Bett und öffnet die Schranktür. Aus der Seitentasche ihres Koffers zieht sie ihr Etui hervor. Sie setzt die Brille auf und dreht sich mit einem ironischen ‚Tataaaaa!‘ zu Nina um.

„Oh …“, mehr wagt Nina nicht an Kommentaren zu dem braunen, massiven Gestell abzugeben.

„Ja, sie ist hässlich. Seeeehr hässlich. Und weil ich so schlecht sehe, sind die Gläser so dick! Panzerglas! Siehst du das?“ Wütend zeigt sie auf den seitlichen Augenbereich hinter der Brille. „Als ob mein Gesicht nach innen gerutscht ist!“ Sie dreht wackelnd den Kopf hin und her. „Und alles an den Seiten ist so unscharf!“

Nina sitzt hilflos auf dem Bett und weiß nicht, was sie sagen soll.

„Gut. Unscharf ist sogar der Blick nach vorn.“ Prüfend hält Mia die Brille ins Licht. „Total verschmiert …“ Sie zieht an ihrem Shirt und beginnt verärgert, die Gläser zu polieren. „Keiner wird mich hier ansprechen, weil ich bestimmt tolle innere Werte habe!“ Mia schnaubt sarkastisch. „Wie hast du das so schön gesagt? Schaulaufen? Wir sind hier ja nicht auf einer Single-Börse von ‚The Big Bang Theorie‘-Fans!“ Sie redet sich immer mehr in Rage und auch ihre Putzbewegungen werden immer rabiater. *Knack.* Erschrocken reißt Mia die Augen auf und langsam senkt sie den Kopf. In der rechten Hand hält sie einen Teil der Brille, in der Linken den anderen. „Scheiße!“ Völlig überfordert setzt sie die Teile zusammen und zieht sie wieder auseinander. Zusammen. Auseinander. Zusammen. Auseinander. „Ich bin erledigt!“, ruft sie entsetzt.

Tränen schießen ihr in die Augen und laufen ungebremst die Wangen hinab.

Nina springt auf und nimmt ihr hastig die Brillenteile aus den Händen. „Beruhig dich! Das kriegen wir schon hin."

„Wie denn? Bist du Hermine Granger? Okulus reparo?" Mias Stimme überschlägt sich.

„Jetzt warte …!" Nina wühlt hektisch in ihrem Koffer und hebt dann triumphierend etwas hoch.

Mia kneift das linke Auge zu und klatscht sich dann verzweifelt auf die Stirn. „Tesafilm? Ist das dein Ernst?"

„Hast du eine bessere Idee?" Als Mia nicht antwortet, beginnt Nina, den Nasenbügel mit dem Tesafilm zu umwickeln. „Repariert!" Stolz hält sie Mia die Brille entgegen.

McGyver für Arme. Wenig überzeugt setzt Mia die Brille auf und geht ins Bad. Als sie sich im Spiegel sieht, schießen ihr sofort wieder die Tränen in die Augen. „Das … das geht doch nicht!", stammelt sie und nimmt verzweifelt die Brille ab.

Nina steht verunsichert am Türrahmen. „Wir finden schon eine Lösung!", versucht sie, die weinende Mia zu beruhigen.

„Ja, ich bleibe den ganzen Urlaub im Zimmer!", stößt Mia schluchzend hervor.

„Ach Blödsinn!" Nina überlegt fieberhaft. „Morgen gehen wir an Land, da gibt es doch bestimmt auch einen Optiker, bei dem man Linsen kaufen kann. Gut, vielleicht nicht in deiner Stärke, aber zumindest eine, die dir ein bisschen hilft. Oder deine Brille reparieren? Hm? Und bis dahin kleben wir einfach wie Zwillinge zusammen, und ich pass auf dich auf." Aufmunternd drückt sie Mias Schulter.

Jetzt muss Mia noch mehr weinen. „Das ist echt lieb von dir. Danke. Du bist toll. Ich … ich revanchiere mich irgendwie.“

Nina kichert. „Du könntest mir das eine Oberteil von dir leihen. Das rote. Ich habe morgen Abend nämlich ein Date.“

„Mit wem? Mit Dave?“

Das Nicken kann Mia sogar ohne Linsen erkennen. „Erst haben wir getanzt, dann ein bisschen gequatscht. Dann musste er weiter, aber er hat sich mit mir morgen um zehn an der Bar verabredet! Oh, er ist so toll!“, schwärmt Nina, dreht sich durch den Raum und lässt sich auf das Bett sinken. „Und er tanzt so gut. Du weißt doch, was man über den Tanzstil sagt …?“ Sie kichert wieder.

„Solange es nur Spaß ist …“, meint Mia zögerlich, wischt sich über das Gesicht und setzt sich neben Nina aufs Bett.

„Ja, klar. Und? Hast du rausgefunden, wer Nummer 99 ist?“, lenkt Nina das Gespräch in eine andere Richtung.

„Ach verdammt! Daran habe ich in der ganzen Aufregung gar nicht mehr gedacht!“ Hastig schnappt sich Mia ihre Handtasche und zieht den Pager heraus. Sie hält in sich nah vor ihr Gesicht. „Keine Nachricht.“ Enttäuscht legt sie den Pager zurück.

„Welche Nummer hatte denn der Kerl, der dich zum Zimmer begleitet hat?“

„Der hatte keinen Anstecker dran. Zumindest habe ich keinen gesehen. Du meinst …?“ Mia bekommt große Augen.

„Naja, das würde vielleicht erklären, warum er dich küssen wollte? Mit eurem Getexte dachte er vielleicht, ihr wärt schon einen Schritt weiter.“

Mia schüttelt den Kopf. Erst langsam, dann immer bestimmter. „Nein. Der war nicht lustig. Gar nicht."

„Aber er war betrunken, vielleicht hat er seinen Humor damit betäubt?"

„Nein, das kann er nicht gewesen sein. Nummer 99 hätte keinen Witz über meine Blindheit gerissen." *Oder doch?* Mia robbt an die Bettkante vor und bleibt dort kurz sitzen. „Das war er nicht." Sie schüttelt energisch den Kopf. „Nummer 99 hätte zuerst das Cocktailglas mit dem kleinen Finger zertrümmert, dann aus den Scherben eine neue Linse für mich geformt, und mich dann zu meinem Zimmer getragen. Jawohl." Mia zieht die Nase hoch.

Lachend wirft Nina ein Kissen nach Mia. „Wenn du Nummer 99 kennengelernt hast, frag ihn, ob er einen Bruder für mich hat."

„Mach ich. Aber zuerst geh ich jetzt duschen. An mir klebt alles."

Als die beiden später im Dunkeln nebeneinander liegen, stupst Mia Nina noch einmal an. „Du hast dich in diesen Dave aber nicht ernsthaft verguckt, oder?"

„Nein, ich finde ihn nur süß", murmelt Nina schläfrig in ihr Kopfkissen.

„Dann ist's gut. Träum was Schönes!" Mia dreht sich auf den Rücken und schließt die Augen. Nummer 99 hat sich nicht mehr gemeldet.

Korfu mit Blindenhund

Das Frühstück ist der reinste Horror. Nina gibt sich zwar alle Mühe Mia zu helfen, indem sie ihr das Essen vom Buffet an den Tisch bringt und sogar die Semmel für sie schmiert, aber Mia starrt nur düster vor sich auf den Tisch. Bei den vorbeischlendernden Gästen kann sie nicht einmal die Gesichter erkennen, es sei denn, sie kneift das Auge zu. *Zyklop oder der kleine Maulwurf.* Und Nummer 99 hat sich immer noch nicht gemeldet.

Lustlos beißt sie in ihre Semmel. Und wenn Stefan doch die Nummer 99 ist? Wenn er es ist, macht ihn das dann im Nachhinein attraktiver? *Eigentlich hat er doch ganz passabel ausgesehen, oder?* Aber er hat sich über sie lustig gemacht. Hat er das in den vorherigen Nachrichten nicht auch immer wieder? *Doch, aber nicht so!*

„Ich glaube, du kannst abbeißen“, unterbricht Nina ihre Gedanken.

„Was?“

„Deine Semmel wird sich nicht von allein essen, ehrlich.“

Schuldbewusst nimmt Mia einen kleinen Bissen und legt die Semmel aber dann beiseite. „Entschuldige, ich war in Gedanken.“

„Das hab ich gemerkt. Wir müssen bald los, das Schiff hat bereits angelegt und laut meiner Uhr sollten wir in circa zehn Minuten an Deck. Hast du alles?“

„Geld, Handtasche, Sonnenbrille und Blindenhund.“ Mia tätschelt Ninas Bein.

Nina lächelt schief. „Dann los.“

Oben an Deck haben sich schon einige Passagiere eingefunden. Das Schiff hat bereits im Hafen angelegt und Nina wirft einen verzückten Blick auf Korfu. „Das ist so wunderschön! Schau dir das an!“

Mia kneift das linke Auge zu und nickt.

„Entschuldige, du siehst das ja gar nicht richtig.“ Schuldbewusst nimmt Nina Mias Hand und drückt sie kurz. „Komm, sehen wir zu, dass wir eine Kontaktlinse für dich finden.“

Die Gruppe wird plötzlich unruhig und erschrocken erkennt Mia, dass sich das Kamerateam nähert. Der Regisseur blafft schon wieder Anweisungen durch die Gegend, und Mia zieht Nina auf die andere Seite.

„Ist da irgendein ekelhafter Kerl, oder vor wem versteckst du dich?“ Nina flüstert und geht automatisch mit in Deckung.

„Das Kamerateam!“, zischt Mia zurück.

„Die filmen dich doch nicht einfach so, die fragen vorher. Bist du so kamerascheu?“ Nina grinst.

„Der Regisseur ist ein arroganter Sack. Dem muss ich nicht unbedingt über den Weg laufen.“ Mia setzt sich die Sonnenbrille auf.

„Okay?“, Nina zuckt ergeben mit den Schultern. „Dann gehen wir eben als Letzte.“

Der Treppenabgang ist noch mit einer Kette gesperrt, doch ein Steward öffnet den Verschluss und stellt sich davor.

„Schade, Dave ist nicht hier“, seufzt Nina.

„Hi alle zusammen!“, beginnt der Steward. „Ich bin Tom, euer Reiseguide. Wir werden jetzt da runter gehen und ich begleite euch zu unserem Shuttlebus, der euch in die Altstadt bringt. Dann habt ihr dreieinhalb Stunden Zeit, um zu bummeln, etwas zu essen oder euch Sehenswürdigkeiten anzusehen. Dort, wo ihr mit dem Bus in der Altstadt abgesetzt werdet, ist später auch der Treffpunkt. Also bitte seid nachher pünktlich um fünfzehn Uhr beim Bus zurück, damit wir unsere Reise fortsetzen können. Alles klar soweit?“

Alle johlen zustimmend. Tom zählt halblaut durch und notiert sich die Zahl dreiundvierzig auf sein Klemmbrett. Dann hängt er die Absperrung aus, bedeutet der Gruppe, ihm zu folgen, und schreitet die Treppe hinunter.

Mia wirft noch einen letzten Blick auf ihren Pager. Nur eine Nachricht von Nummer 42: »Schade. Ich konnte dich gestern nicht finden, warst wohl doch zu müde. Bis später. Dein Felix.«

Keine Nachricht von Nummer 99. Sie steckt den Pager enttäuscht zurück in ihre Handtasche und verlässt Hand in Hand mit Nina das Schiff. Um die Stufen besser sehen zu können, kneift sie das linke Auge zu. Auch wenn Nina sie stützt – wenn sie stolpern würde, würde sie das Feld von hinten aufräumen. *Touchdown.* „Ich fühle mich wie eine alte Frau!“, zischt sie mürrisch.

Nina kichert und tätschelt ihr den Arm. „Solange ich dich nicht füttern muss? Bald hast du es ja geschafft.“

„Hoffentlich“, brummt Mia verstimmt. Sie folgen der Reisegruppe zu dem bereitgestellten Shuttlebus. Versteckt hinter ihrer Sonnenbrille fühlt sie sich sicherer. Die beiden steigen als Letzte in den Bus und setzen sich ganz nach vorne.

Tom stellt sich neben sie, direkt zum Busfahrer, und nimmt ein Mikro in die Hand. Die Türen schließen sich und der Bus fährt langsam an.

„Willkommen auf Korfu! In circa fünfzehn Minuten haben wir die wunderschöne Altstadt erreicht. Wer sich vor Ort umschauen möchte, kann sich mir anschließen und die zwei bedeutendsten Kirchen besichtigen. Natürlich kann jeder tun und lassen, was er will – er muss nur pünktlich um fünfzehn Uhr wieder am Bus sein!“ Er setzt kurz eine strenge Miene auf und fährt dann fort.

Alleine Tom zu beobachten, wie er im Gang schwankend mit dem Mikrofon in der Hand die wichtigsten Informationen über Korfu zusammenfasst, dreht Mia den Magen um. Dann das Ganze noch unscharf gibt ihr den Rest. Sie schließt die Augen und schluckt.

„Alles okay bei dir?“, fragt Nina besorgt.

„Mir wird bei Fahrten manchmal schlecht. Aber alles gut. Wir sind ja gleich da. Ist gleich vorbei“, redet sie sich selbst gut zu.

Als der Bus endlich ruckelnd zum Stehen kommt, bittet Tom nochmals um Aufmerksamkeit. „Wenn ihr ausgestiegen seid, wartet bitte noch kurz. Ich werde jedem von euch eine kleine Karte mit meinem Namen, meiner Handynummer, Uhrzeit sowie dem Straßennamen von unserem Treffpunkt hier mitgeben. Wir wollen ja nicht, dass jemand verloren geht.“

Die Reisegruppe applaudiert und die Bustüren gleiten zischend auf.

Mia stolpert erleichtert ins Freie und setzt sich auf eine kleine Mauer. Sie atmet ein paar Mal tief ein und aus und fühlt sich gleich ein wenig besser. Nina setzt sich neben sie und reibt ihr sanft über den Rücken.

„Möchtest du ein Eis?“, fragt Nina plötzlich völlig unvermittelt.

„Äh danke, nein. Mir ist immer noch schlecht.“ Mia schiebt sich die Sonnenbrille nach oben und kneift sich an die Nasenwurzel.

„Okay.“ Nina fuchtelt mit ihrem Arm, zeigt auf sich und ruft in eine Richtung. „Schokolade, bitte!“

„Was machst du denn?“, fragt Mia irritiert.

„Eis bestellen? Der Typ aus unserer Reisegruppe da hinten hat uns eingeladen, aber da du ja nicht willst, habe ich nur eins für mich bestellt.“

Es dauerte nicht lang, dann wirft sich ein Schatten auf Mias Gesicht. Sie blinzelt kurz und sieht noch, wie ein Mann Nina ein Eis reicht und wieder verschwindet.

„Danke!“, ruft Nina ihm nach. „Ich glaube, das war einer von der Filmcrew.“ Sie leckt an ihrem Schokoladeneis. „Der sah eigentlich ganz schnuckelig aus.“

„Braune Locken?“, fragt Mia scheinbar beiläufig, doch ihr Herzschlag beschleunigt sich.

„Jap. Und ein süßes Lächeln." Nina legt den Kopf schief. „Den würde ich auch nicht von der Bettkante schubsen".

„Deine Bettkante ist mittlerweile voll", brummt Mia verstimmt. „Aber der ist ganz nett, glaub ich", schiebt sie schnell hinterher. Mia versucht, ihn zu orten, aber er ist bereits in der Reisegruppe untergetaucht.

Da tritt Tom auf sie zu und hält Nina zwei Visitenkarten hin. „Kommt ihr mit mir?" Er schenkt Nina ein gewinnendes Lächeln.

„Nein, danke. Wir haben schon was vor." Sie tätschelt Mias Arm.

„Schade. Na dann, bis später. Pünktlich fünfzehn Uhr, ja?" Er zwinkert Nina zu und wendet sich ab. „Wer die Kirchen besichtigen möchte, der kommt mit mir."

Fast die Hälfte der Reisegruppe schart sich um Tom, der seinerseits das Zeichen zum Aufbruch gibt. Mia bemerkt, dass sich auch das Kamerateam der Gruppe anschließt.

„Warten wir noch kurz?", fragt Nina und hält ihr Eis in die Höhe. „Wenn ich fertig bin, marschieren wir los."

Mia nickt, denn ihr bleibt ja eh nichts anderes übrig. *Der Blindenhund braucht eine Stärkung.*

Die Reisegruppe ist längst verschwunden, als sich Mia und Nina auf den Weg in die Fußgängerzone machen.

Faki fürs Auge

„Da, den fragen wir. Das ist ein Ureinwohner." Euphorisch zieht Nina Mia quer über den Platz zu einem alten Mann, der auf einem Stuhl vor einem Haus in der Sonne sitzt. Er lächelt freundlich und entblößt dabei seine letzten verbliebenen, gelben Zähne.

„Einheimischer, nicht Ureinwohner!", flüstert Mia pikiert.

„Ja, äh, hallo, äh …", Nina unterbricht sich kurz und zieht ihr Wörterbuch aus der Handtasche.

Der alte Mann schirmt seine Augen gegen die Sonne ab und blickt die beiden erwartungsvoll an.

„Warten Sie, ich hab's gleich." Nina fängt hastig an zu blättern.

Die geborene Anführerin.

„Da. Ähm …", sie verlangsamt ihre Aussprache, als ob das etwas nutzen würde. „Faaaki." Nina fuchtelt in Mias Gesicht herum und wiederholt nochmal das Wort. „Faaaakiiii."

Ein seltsam klingendes, rasselndes ‚Aahhh' erklingt aus der Kehle des alten Mannes. Er erhebt sich langsam und deutet dann in eine kleine, dunkle Seitengasse. „Faki", wiederholt er und nickt.

„Jaja, Faki! Efaristopoli!"

Der alte Mann schüttelt verständnislos den Kopf.

„Ähm, thank you!“ Nina verbeugt sich gleich ein paar Mal und zieht Mia mit sich.

„Bist du sicher, dass der dich verstanden hat?“, zischt Mia außer Hörweite.

„Na klar. Schau, da vorne der Laden. Das muss er sein. Da hat der alte Mann hingedeutet.“

Mia kneift das Auge zu und sieht einen geflochtenen Korb voller Früchte, der vor dem Laden an der Straße steht. „Ähm, das wäre aber mal ein Optiker mit seltsamer Deko.“

„Vielleicht mussten die ein paar Geschäfte zusammenlegen, wegen der Wirtschaftskrise?“

„Hmmm, bestimmt“, antwortet Mia wenig überzeugt. „Oder der alte Mann hat uns einfach verarscht. Oder er arbeitet mit einer Bande zusammen und wir werden gleich überfallen.“ An der Eingangstür des Ladens hängen getrocknete Schoten.

Die Tür steht offen und Nina steuert zielsicher auf die Verkäuferin im Laden zu. Mia bleibt am Eingang stehen.

„Jessusas, ähm, Faki?“ Nina zeigt suchend durch den Laden.

„Ah, Faki!“ Die Dame kommt sofort hinter dem Tisch hervor und bewegt sich zielsicher in eine Ecke.

Mia runzelt die Stirn. „Also wenn die Kontaktlinsen haben, dann fall ich um.“

„Sei doch nicht immer so negativ, ich regel das schon“, antwortet Nina bestimmt und lächelt die Dame an, die mit einer Handvoll irgendwas zurückkommt. *Da ist sie wieder, die geborene Anführerin.*

Die Verkäuferin öffnet ihre Hand und strahlt beide an. „Faki.“ Und als die Reaktion nicht wie von ihr erwartet ausfällt, schließt und öffnet sie erneut ihre Hand. „Faki!“

Irritiert tritt Mia nun doch näher und versucht zu erkennen, was das in der Hand ist. „Sind das … Linsen? Jetzt sag nicht, du hast …“ Mia lacht los.

„In der Eile hab ich nicht so nachgedacht, ich hab nur nach Linsen im Wörterbuch gesucht!“ Genervt versucht Nina, den Irrtum aufzuklären. „Äh, ochi.“ Sie zeigt auf ihre Augen und wiederholt ‚Faki‘, aber die Verkäuferin schüttelt nur verständnislos den Kopf.

„Faki!“ Sie hält Nina die Linsen hin.

Mia biegt sich vor Lachen, was die Dame noch mehr verunsichert.

„Mann Mia, krieg dich wieder ein!“ Nina winkt ab, nickt und lässt sich einen kleinen Sack Linsen einpacken. Nachdem sie gezahlt hat, sucht sie in ihrem Wörterbuch noch nach ‚Optiker‘. „Optikos?“ Sie wirft Mia, die immer noch vor sich hin kichernd an der Türe wartet, einen vernichtenden Blick zu.

Die Verkäuferin nickt, begleitet die beiden nach draußen und zeigt die Gasse weiter nach oben. „Optikos“, wiederholt sie.

Nina lächelt dankend und schiebt die japsende Mia die Straße nach oben.

„Und, was machst du jetzt mit den Linsen? Kochst du uns was Feines?“ Mia prustet wieder los.

„Haha, lach du nur. Ich versuch dich hier zu retten, und was ist der Dank?“ Sie hakt sich bei Mia unter und die beiden steigen die steile Gasse hinauf. „Sind immerhin griechische Linsen“, brummelt sie verstimmt.

Ganz am Ende der Gasse hängt über einem Laden auf der rechten Seite ein Schild in Brillenform.

„Ha! Siehst du, gefunden!“ Triumphierend zeigt Nina auf das Schild und beschleunigt ihren Schritt.

Ein paar Sekunden später betreten die beiden den Optikerladen und Nina zieht Mia sofort zu einem der Mitarbeiter. Der Angestellte begrüßt sie freundlich.

„Do you speak english?“, fragt Mia hoffnungsvoll.

„Yes, aber ich auch spreche etwas Deutsch.“ Er lächelt.

„Oh, das ist super!“, seufzt Mia erleichtert. „Ich habe eine Kontaktlinse verloren und brauche dringend Ersatz. Ich habe minus 10,5 Dioptrien. Haben Sie irgendwas in dieser Stärke?“

Der Optiker zieht erstaunt die Augenbrauen hoch. „Das viel, ich muss sehen. Sie kurz nehmen Platz bitte.“ Er verschwindet hinter einem Vorhang.

Mia setzt sich auf einen Stuhl, während Nina Sonnenbrillen probiert. „Guck, Puck, die Stubenfliege!“

Mia betet im Stillen vor sich hin. *Bitte, bitte! Sonst war es das mit meinem Urlaub.*

„Oder die! Die ist vielleicht hässlich.“ Nina kichert.

Nach ein paar Minuten kehrt der Optiker mit einer Schachtel in den Laden zurück.

„Sie müsse probiere. Hier ich habe neun. Andere Stärke ich muss bestellen.“

„Neun? Das ist ja klasse!“ Mia strahlt und jubelt innerlich auf.

Er öffnet die Verpackung und bittet Mia, den Kopf in den Nacken zu legen. Vorsichtig setzt er die Linse ein und tritt dann einen Schritt zurück. „Und?“

Mia blinzelt ein paar Mal. „Ist das eine weiche Linse?“ Sie sieht zwar nicht gestochen scharf, aber kein Vergleich zu davor.

„Ja, weich. Ich leider nicht habe harte Linse mit diesen Stärke.“

„Das macht nichts. Die nehm‘ ich! Haben Sie gleich zwei?“ *Zur Sicherheit.*

„Und Sie brauchen noch Mittel zum Säubern für weiche Linsen“, erklärt der Optiker und holt eine Packung aus dem Regal hinter sich. Er steckt das Reinigungsmittel und die Ersatzlinse in eine kleine Tüte, lächelt und tippt etwas in seinen Taschenrechner. Dann dreht er den Rechner um und zeigt auf das Ergebnis.

Mia beugt sich hinunter, um die Zahl besser lesen zu können. „170. Ähm, und in Euro?“

Der Verkäufer lächelt immer noch. „Ist Euro.“

„170 Euro?“, fragt Mia fassungslos. „Für zwei weiche Linsen und Putzmittel?“ *Ich habe doch kein neues Auge gekauft!*

„So ist Preis. Wegen Krise.“ Er zuckt bedauernd mit den Schultern.

Ich krieg auch gleich die Krise. „Dann nehme ich nur die eine Linse. Und das Mittel. Vielen Dank.“

Völlig ungerührt holt der Optiker die Ersatzlinse aus der Tüte und tippt erneut in seinen Taschenrechner. Immer noch lächelnd dreht er das Rechenergebnis zu Mia.

90.

Angesäuert drückt Mia dem Optiker 90 Euro in die Hand und stapft wütend aus dem Laden.

„90 Euro für eine Linse und das Mittel, der spinnt wohl!“, flucht Mia vor sich hin, als sie wieder auf die Straße treten.

„Aber immerhin kannst du jetzt wieder sehen“, versucht Nina, die Stimmung zu retten.

„So halb. Wirklich scharf sehe ich nicht“, brummelt Mia genervt. „Und jetzt? Wohin?“

„Du brauchst dringend ein Aufmunterungsprogramm. Wir gehen jetzt shoppen“, bestimmt Nina und hakt sich grinsend bei Mia ein.

Zweieinhalb Stunden später und um viele Tüten reicher, setzen sich die beiden in ein Café, um sich zu entspannen.

„Ich hab viel zu viel gekauft“, murmelt Nina schuldbewusst.

„Ich auch“, seufzt Mia. „Aber immerhin habe ich für jeden ein Geschenk gefunden.“ *Filmgage gekonnt verbraten.* „Und einen neuen Bikini!“

„Gott sei Dank! Der alte wäre dir beim nächsten Schwimmen wahrscheinlich einfach abgefallen.“ Nina lacht.

„So schlimm war der auch nicht. Aber du hast recht. Der neue ist bedeutend schöner. Und dich lade ich jetzt ein, du warst immerhin der beste Blindenhund, den man sich wünschen kann.“ Mia bestellt zwei große Eiskaffees und lächelt Nina dankbar an. „Ehrlich, ohne dich hätte ich das nicht hinbekommen und mein Urlaub wäre gelaufen gewesen. Du warst klasse.“

Nina grinst verlegen. „Hab ich doch gerne gemacht.“

„Aber das mit den Linsen …“, Mia schüttelt lachend den Kopf.

Pünktlich um fünfzehn Uhr steigen sie in den Shuttlebus und verstauen ihre Einkäufe unter den Sitzen. Der Bus füllt sich nach und nach und ganz zuletzt steigt endlich das Kamerateam zu. Es ist zwanzig nach drei. Tom wirft zwar einen kurzen Blick auf die Uhr, sagt aber nichts. Er zählt die Gruppe durch und gibt dann dem Fahrer das Zeichen zum Aufbruch.

Mia beobachtet den Regisseur, der wegen irgendwas angefressen zu sein scheint. Er scheucht sein Team vor sich her und lässt sich in den Sitz plumpsen. Direkt hinter ihm nimmt der Tonmann mit genauso verschlossener Miene Platz. *Na fröhliches Arbeiten!* Mia starrt auf seinen Hinterkopf. *Dreh dich um! Komm schon!* Doch Telepathie scheint nicht Mias Stärke zu sein.

„Hat dir der Unbekannte eigentlich wieder geschrieben?“ Nina schüttelt den Kopf und korrigiert sich: „Geht ja gar nicht. Hab ich vergessen. Der Pager funktioniert ja nur auf dem Schiff.“

„Ich hab, bevor wir los sind, nachgesehen. Keine Nachricht.“

„Hm.“ Nina überlegt. „Für mich gibt es da nicht viele Möglichkeiten.“

„Möglichkeiten?“ Mia ist irritiert.

„Dass er nicht schreibt“, erklärt Nina.

„Die da wären?“

„A: Es war wirklich der Kerl, der dich zum Zimmer gebracht hat. Du hast ihn abblitzen lassen und jetzt ist er gekränkt. Deswegen schreibt er nicht mehr.“

„Und B?“ *A will ich nicht.*

„Er ist ein ziemlich hässlicher Kerl, der sich nicht traut, dich in der Realität zu treffen."

„Und C?" *B gefällt mir auch nicht.*

„Er hat gestern eine andere kennengelernt und ist deswegen an dir nicht mehr interessiert."

„Und D?" *C geht ja gar nicht.*

„Kein D." Nina schüttelt den Kopf.

„Es muss ein D geben. Wo ist denn deine ‚Ritter in schimmernder Rüstung'-Theorie hin?"

Nina lacht. „Okay. D: Er ist über Bord gefallen, treibt im offenen Meer, bis ihn ein anderes Schiff rettet, und dann macht er sich auf die Suche nach dir. Hm, besser?"

„Klingt ein bisschen weit hergeholt, aber bis jetzt die beste Option."

Der Bus fährt auf den Parkplatz am Hafen und Tom verabschiedet sich unter freundlichem Applaus bei der Reisegruppe. Mia und Nina schnappen sich ihre Einkaufstüten und folgen den anderen ins Freie.

Das Kreuzfahrtschiff ragt majestätisch vor ihnen in den Himmel und wirft einen riesigen Schatten auf das Hafengelände. Gerade als Mia die Hand auf das Geländer legt, wird sie unsanft vom Kamerateam überholt. Der Regisseur schimpft etwas von ‚Lichtverhältnissen', ‚Unfähigkeit' und ‚dass es ihm reicht' vor sich hin. Sein Team folgt ihm schweigend. Der Tonmann dreht kurz den Kopf, als er an Mia vorbeigeht.

„Hi!" Sie lächelt ihn an.

Er nickt kurz und stapft weiter.

Mia fühlt sich, als wäre sie bei einem Flirtversuch abgeblitzt.

„Der ist irgendwie süß“, flüstert Nina ihr ins Ohr. „Nur leider scheinbar doch nicht an uns interessiert.“ Sie zuckt bedauernd mit den Schultern und steigt die Treppe hoch. „Kommst du?“

Oben angekommen bleiben Mia und Nina noch eine Zeit lang an Decke stehen. Der Ausblick auf den Hafen ist einfach wunderschön. Die verschachtelten Häuser, die Gassen und die Burg, die über allem thront. Dazu die warme Meeresbrise und der Sonnenschein. Nina zückt ihr Handy und macht ein Foto. Ein paar Meter weiter hat auch das Kamerateam Stellung bezogen und filmt die Insel, während das Schiff ablegt.

Nina steckt ihr Handy ein. „Bringen wir unser Zeug nach unten, dann können wir vor dem Abendessen nochmal an den Pool. Was meinst du?“

Mia nickt und wirft noch einen verstohlenen Blick auf den Tonmann. In diesem Moment dreht er den Kopf und sieht sie an. Aber er lächelt nicht. Er sieht sie einfach nur an. Unsicher senkt sie den Blick und folgt Nina zu den Fahrstühlen. *Nett ist heute wohl aus.*

Im Zimmer packen die beiden ihre Einkäufe aufs Bett und sehen sich alles nochmal an.

„Das ist echt schön!“, lobt Mia ein hellblaues Oberteil, das Nina in einem kleinen Laden auf zwanzig Euro heruntergehandelt hat.

„Ich glaube, das ziehe ich heute Abend an.“ Nina hält sich das Oberteil probehalber unters Kinn. „Ist heute wieder Party angesagt?“

Mia schnappt sich das Programmheft und blättert. „Oh, heute gibt es im großen Speisesaal eine Show mit anschließendem Drink-out. Das ist wenigstens mal eine Abwechslung.“ Sie stößt erleichtert Luft aus. „Und freie Platzwahl. Dankeschön!“

Ninas Pager brummt und automatisch sieht Mia auch auf ihrem nach. Nichts.

„Eine Nachricht von Dave!“ Nina wippt mit den Augenbrauen und grinst breit. „Wir treffen uns um zehn an Deck.“

Mia versucht, sich zu freuen, aber so enttäuscht wie sie ist, ist das ziemlich schwer.

„Hat er dir immer noch nicht geschrieben?“

„Nein.“

„Willst du um zehn mitkommen?“

„Das ist ja lieb von dir gemeint, aber nein. Ich will weder Anstandsdame noch fünftes Rad am Wagen sein.“ Sie packt ihre Einkäufe in den Schrank. „Ich bin schon groß, ich komme gut alleine klar“, versucht sie, Nina zu beruhigen, die ein schlechtes Gewissen zu haben scheint.

„Aber wenn was ist, oder du dich langweilst, dann kommst du einfach, okay?“

„Um mit euch Händchen zu halten.“ Mia lacht. „Es wird schon nichts sein. Wenn ich mich langweile, dann gehe ich aufs Zimmer und lese ein wenig. Jetzt freu dich auf dein Date und guck nicht so bedröppelt!“

Während sich Nina im Bad für den Pool umzieht, schickt Mia eine Nachricht ab.

»An 99: Ich dachte, du wolltest mich kennenlernen?«

Dann legt sie den Pager auf das Nachtkästchen und klemmt sich das Handtuch unter den Arm. Noch ein paar Runden im neuen Bikini im Pool vor dem Abendessen. *Eine Runde Schaulaufen für Mia ... und für Nummer 99. Schreib gefälligst!*

Während Nina auf einer Liege am Pool noch etwas Sonne tankt, genießt Mia das Wasser. Seine Kühle tut gut nach dem doch anstrengenden Marsch durch Korfus Innenstadt.

Mit kräftigen Zügen schwimmt Mia Bahnen, bis sie Stefan entdeckt, der mit einer Gruppe Jungs in einer Ecke des Pools Wasserball spielt. Option A schießt ihr durch den Kopf. Sie zögert kurz, dann hält sie auf ihn zu.

Als Stefan sie erkennt, werden seine Augen größer und kurz sieht es danach aus, als wolle er flüchten. Oder untertauchen. Mia stoppt tretend im Wasser und keucht. „Ich wollte mich bei dir wegen gestern entschuldigen. Ich hätte dich nicht gleich so anblaffen sollen, aber ich war echt verzweifelt wegen dieser dämlichen Linse!“ Sie lächelt entschuldigend, doch die erhoffte Reaktion bleibt aus.

Stefan starrt sie weiter an und scheint nur überrascht zu sein, dass sie keine Waffe aus dem Wasser zieht.

„Ich hab ein wenig überreagiert. Sorry.“

Ein leichtes Nicken.

„Wollen wir uns heute zusammen die Theatervorstellung ansehen?“, fragt Mia vorsichtig. *Na wenn das mal keine Entschuldigung ist, dann weiß ich auch nicht.*

„Du meinst die Show?“, fragt Stefan zögerlich. Vielleicht ist er nicht sicher, ob er dann dort erschossen wird. Wie Bojen wackeln die Köpfe seiner Freunde über dem Wasser und alle Augenpaare sind auf Mia gerichtet.

„Ja, die meine ich.“ Mia nickt. „Die Vorstellung beginnt um zwanzig Uhr, wollen wir uns am Eingang treffen?“ Sie versucht, freudig zu klingen.

„Okay.“

Was für ein Gespräch! Mia verdreht die Augen, als sie zu ihrem Platz zurückschwimmt. Aber sie hat ein Date für heute Abend ausgemacht UND Option A eventuell wieder geradegebogen. Falls Stefan wieder auftaut.

„Ich habe ein Date für heute Abend“, sagt Mia triumphierend und wickelt sich in ihr Handtuch.

„Mit wem? Nummer 99?“ Nina setzt sich abrupt auf, schiebt die Sonnenbrille nach oben und sieht sie gespannt an.

„Mit Stefan. Dem, der mich zum Zimmer gebracht hat und dann küssen wollte. – Und dem, der vielleicht die Nummer 99 ist!“, schiebt Mia hinterher. „Das gedenke ich, heute herauszufinden.“

Sie nimmt ihren Pager aus der Tasche und sieht, dass sie eine Nachricht bekommen hat.

»Von 99: Es sah nicht so aus, als wolltest du mich kennenlernen.«

Hm. Wahrscheinlich hat er das vor dem Gespräch von eben geschrieben. Mia schielt zum Pool. Stefan und seine Jungs sind verschwunden.

»An 99: Wegen der verlorenen Linse war ich eben nicht unbedingt in Flirtlaune. Entschuldige.«

»Von 99: Das erklärt zwar nicht alles, aber einiges.«

»An 99: Jetzt sehe ich ja wieder und ich habe mich entschuldigt. Das solltest du mir auch anrechnen. Sehen wir uns dann heute beim Abendessen? Um acht?«

Es dauert keine Minute, dann brummt ihr Pager.

»Von 99: Also du bist ja eine wahre Meisterin im Entschuldigen. Ich werde sehen, ob es sich einrichten lässt. Ich bin ein vielbeschäftigter Mann. Entschuldigung angenommen ☺«

Mia lächelt. »An 99: Dann bis um acht.«

„Und? Ist es Stefan?" Neugierig versucht Nina, einen Blick auf Mias Pager zu erhaschen.

Lachend steckt ihn Mia zurück in ihre Tasche. „Ich bin mir ziemlich sicher, aber heute Abend finde ich es definitiv raus. Wir haben ein Date!"

„Also entweder ist es Stefan, oder du hast heute Abend zwei Verabredungen. Mia, Mia … wo soll das nur hinführen." Künstlich entrüstet schüttelt Nina den Kopf.

Mia grinst. „Zu dem Richtigen, natürlich!"

Setzen, sechs

Vor dem Eingang des Restaurants drängen sich die Menschen.

„Siehst du ihn schon?“ Nina scheint aufgeregter als sie zu sein.

Mia lässt ihren Blick durch die Menge gleiten. Das Kamerateam schiebt sich gerade an den wartenden Gästen vorbei und betritt das Restaurant.

„Da hinten. Der mit dem hellblauen Hemd. Neben der Türe!“ Sie scannt mit ihrem Blick seinen Oberkörper und bemerkt, dass Stefan seinen Anstecker wieder nicht trägt. *Mist!*

„Na, der sieht doch ganz ordentlich aus!“ Nina zieht Mia sofort zum Eingang und streckt Stefan die Hand entgegen. „Hi, ich bin die Nina. Mia kennst du ja schon.“ Sie kichert.

„Ich bin Stefan und das … “, er weist auf einen unscheinbaren Mann neben sich, „… ist mein Freund Michael.“ Michael lächelt die beiden an und schüttelt ihnen die Hand.

Aha. Verstärkung. Also immer noch die Hosen voll.

„Wollen wir uns einen Platz suchen?“ Nina nickt, schnappt sich Mia und sie betreten das Restaurant. Sie suchen sich einen Platz nahe der Bühne, immerhin soll es heute ja ein

Show-Programm geben. Neben der Bühne wird gerade das Kamera-Equipment aufgebaut und der Regisseur brüllt Anweisung durch die Gegend. Der Tonmann nimmt kurz von Mia Notiz, doch noch bevor sie ihm einen Gruß zunicken kann, wendet er sich wieder ab.

„Vergiss den“, zischt ihr Nina zu. „Der hat kein Interesse, habe ich dir doch gesagt. Lieber den Spatz in der Hand als die Taube auf dem Dach.“ Sie deutet mit einem Kopfnicken zu Stefan, der Mia höflich den Stuhl ein Stück zurückzieht. Mia setzt sich und wirft noch einen verstohlenen Blick zu dem Tonmann, der sie aber keines weiteren Blickes würdigt.

Stefan macht zwar immer noch einen leicht eingeschüchterten Eindruck, aber immerhin ist er aufgetaucht. Und es ist nur er aufgetaucht, sonst niemand.

„Schön, dass du mich heute angesprochen hast. Ich war nur mit der Situation etwas überfordert.“ Er lächelt schief.

Wäre mir gar nicht aufgefallen. Wie ein Reh im Scheinwerferlicht.

„Ja, das mit dem Abend tut mir auch ehrlich leid. Ich hab da ein bisschen überreagiert.“

Stille. *Puh, zäh.* Aber der Abend ist ja noch lang.

„Warum trägst du eigentlich deine Nummer nicht?“ Mias Herzschlag beschleunigt sich.

„Ich finde das irgendwie dämlich“, antwortet Stefan und zuckt mit den Schultern.

Das Restaurant hat sich mit Gästen gefüllt und ein Moderator betritt die Bühne.

Gerade als Mia nach Stefans Nummer fragen will, eröffnet der Moderator die Abendshow.

„Willkommen!“ Das Mikrofon hallt nach und ein unerträgliches Pfeifen sirrt durch den Raum.

Mia richtet sich erschrocken auf.

Der Moderator klopft ein paar Mal auf das Mikro, dann hebt er es erneut. „Heute Abend werden wir Sie mit unserem Show-Programm verzaubern. Ein ganzes Team wartet hinter der Bühne darauf, Ihnen einen unvergesslichen Abend zu bereiten! Bevor Sie aber Ihr Essen genießen und sich zurücklehnen können …“, er legt eine kurze Pause ein und zeigt in das Publikum, „… sind Sie an der Reihe. Ja, Sie. Ich brauche drei Freiwillige. Frauen. Weibliche Wesen, die mutig genug sind, sich dieser Herausforderung zu stellen.“ Sein Blick schweift durch die ersten Reihen und die Lichtkegel wandern unruhig hin und her.

„Die Dame hier in der vorderen Reihe mit dem weißen Oberteil.“

Mia sieht sich panisch um. *Hier wird doch irgendwo noch eine andere Frau mit weißem Oberteil sitzen? Warum hab ich nicht schwarz angezogen, oder durchsichtig. Verdammt!*

„Kommen Sie, kommen Sie zu mir auf die Bühne! Wir haben unsere erste Teilnehmerin!“

Die Lichtstrahler sind nun auf Mia gerichtet und sie kneift geblendet die Augen zusammen.

„Er meint dich!“, zischt Nina und stupst Mia in die Seite. Unter aufflammendem Applaus steht Mia langsam auf und geht am Kamerateam vorbei die Treppe zur Bühne nach oben.

„Wie heißen Sie denn?“ Der Moderator beugt sich zu Mia.

„Mia.“ Sie blinzelt irritiert in das grelle Licht der Scheinwerfer.

„Unsere erste Kandidatin heißt also Mia. Begrüßt sie mit einem ordentlichen Applaus!“

Er wartet den Applaus kurz ab, dann wendet er sich erneut an das Publikum. „Und da Mia nicht alleine spielen wird, brauchen wir nun also noch zwei weitere Damen.“ Er tritt an den Rand der Bühne und wählt Mias Kontrahentinnen aus. Eine eher schüchtern wirkende, kleine Frau, die sich mit leiser Stimme als ‚Marie‘ vorstellt, und eine blonde, selbstbewusste hübsche Frau, die den Gang zur Bühne in einen Catwalk verwandelt. Sie betritt unter Johlen und Pfeifen die Bühne und wirft Handküsse in Richtung Publikum. Sie haucht ihren Namen ‚Yvonne‘ in das Mikrofon, als wäre dieser allein schon ein Versprechen.

Der Moderator tritt ein Stück zur Seite und dreht sich dann lächelnd zu den drei ausgewählten Frauen um. „Damit haben wir unsere drei Spielerinnen zusammen. Seht sie euch an … sind sie nicht hübsch?“

Das Publikum tobt.

„Aber sie sind allein. Und allein zu sein … davon habt ihr doch die Nase voll, oder?“

Das Publikum klatscht, johlt und stampft.

„Deswegen wird sich nun jede von euch einen Mitspieler auswählen, mit dem sie im Team das Spiel bestreiten möchte.“

Zuerst hält er Marie sein Mikrofon unter die Nase. Die kichert verlegen. „Ähm, die Nummer 104 hätte ich gerne.“

„Die Nummer 104 soll es also sein. Nun, dann bitten wir mal den Herrn mit einem ordentlichen Applaus auf die Bühne!“

Die Scheinwerfer kreisen über dem Publikum, bis sie einen Mann ausmachen, der sich zwischen den Tischen in ihre Richtung schlängelt. Er winkt kurz, erklimmt die paar Stufen zur Bühne, stellt sich neben Marie und legt lächelnd einen Arm um sie.

„Oh, da hat sich doch schon Amor vorbeigeschlichen!“ Der Moderator grinst breit und das Publikum pfeift.

„Und wer darf an Ihrer Seite zum Spiel antreten?“ Er hält das Mikrofon nah an Yvonnes Mund, die es sichtlich genießt, im Rampenlicht zu stehen. „Ich …“, sie legt eine künstliche Pause ein und tippt sich an die Lippe, „… ich hätte gern Dave Kers!“, platzt es aus ihr heraus und sie klatscht ein paar Mal.

„Oh, das, äh …“, es ist dem Moderator sichtlich unangenehm, doch die Scheinwerfer machen sich tatsächlich auf die Suche. Sie fangen Dave am Ende des Saals ein. Er steht locker an die Wand gelehnt und macht keine Anstalten, auf die Bühne zu kommen. Er winkt ab, zeigt auf seine Uhr und zuckt bedauernd mit den Schultern.

„Unser Dave ist ein vielbeschäftigter Mann. Leider müssen Sie sich einen anderen Teampartner aussuchen“, versucht der Moderator, die Situation zu retten, und tätschelt ihr entschuldigend den Arm.

Yvonne zieht eine Schnute. „Na gut. Dann die Nummer 122.“

„Dann soll es die 122 sein! Wir bitten die Nummer 122 hier zu uns. Applaus Leute!“

Oh bitte nicht. Mia schickt ein Stoßgebet zum Himmel, wird aber leider nicht erhört. *Schlechter Empfang da oben.*

Sie sieht Mike, der durch die Reihen joggend Zuschauer auf dem Weg abklatscht. Er macht sich auch nicht die Mühe, die Stufen wie alle anderen hinaufzusteigen. Mit einem Satz springt er einfach auf die Bühne und tänzelt dort wie ein Boxer um Yvonne.

Du warst zweite Wahl, Rocky. Deine Adrian wollte Dave, nicht dich.

Der Moderator wendet sich nun Mia zu.

„So junge Dame. Und welcher Herr darf diesen Wettkampf an Ihrer Seite bestreiten?“

Mia saugt noch einmal tief Luft ein. „Die Nummer 99 bitte.“ *Jetzt krieg ich dich.*

„Die Nummer 99 soll es also sein. Gut, die Nummer 99 bitte nach vorn!“

Die Scheinwerfer kreisen und auch Mia sucht den Raum ab. *Wo bist du?*

„Die Nummer 99 bitte, nicht so schüchtern!“ Der Moderator tritt nach vorn an den Bühnenrand.

Mias Blick gleitet durch die Zuschauer. Langsam wird es unruhig im Saal und auch die Zuschauer drehen und wenden ihre Köpfe, um zu sehen, ob sich jemand meldet.

„Schon unterwegs!“, tönt plötzlich eine Stimme und die Scheinwerfer drehen sich sofort in die Richtung, aus der der Zuruf kam.

Mias Herz macht einen Satz. *Hab ich dich!* Und dann sieht sie Stefan, der mit erhobener Hand die Bühne erklimmt. *Also doch. Option A*. Irgendwie ist sie enttäuscht, trotzdem versucht sie zu lächeln, als sich Stefan neben sie stellt.

„Dann haben wir die Teams zusammen.“

Das Publikum applaudiert und der Moderator bittet um Ruhe. „Das Spiel ist denkbar einfach. In meiner Hand hier halte ich Karten, auf denen Begriffe stehen. Sobald die Zeit läuft, muss die Dame aus dem Team diese Begriffe erklären. Mit Händen und Füßen. Keinen Mucks, sonst zählt der Punkt nicht. Ist ein Begriff zu schwer, dann kann man durch ein einfaches ‚weiter' um ein neues Wort bitten. Das Team mit den meisten erratenen Begriffen gewinnt ein romantisches Candle-Light-Dinner an Deck!"

Es ertönen ‚Huhhhhs' und Pfiffe.

Marie und ihr Partner machen den Anfang. Der Moderator zeigt Marie ein Kärtchen, dann hält er es Richtung Publikum und gibt das Startzeichen. Einen Begriff nach dem anderen erspielen die beiden, und sie sind tatsächlich nicht schlecht! In den vorgegebenen zwei Minuten schaffen sie sechs Begriffe.

Danach sind Yvonne und Mike an der Reihe. Mike wirft Mia noch einen abschätzigen Blick zu, dann reißt er ein paarmal den Kopf von links nach rechts und lässt einen kleinen Kampfschrei los.

Brusttrommeln und ‚uhuhuh' vergessen.

Der erste Begriff ist ‚Glasschrank'. Der Moderator zeigt die Karte Yvonne, dem Publikum, dann sieht er auf seine Uhr und gibt ihr das Startsignal. Yvonne hebt die eine Hand und deutet mit der anderen darauf.

„Hand!", brüllt Mike und Yvonne schüttelt energisch den Kopf.

Sie macht nun eine Trinkbewegung und zeigt wieder mit der anderen Hand auf das gedachte Glas.

„Trinken!"

Wieder schüttelt sie den Kopf und deutet nun vehementer auf ihre Hand.

„Finger?“

Verzweifelt hält sie ihm das unsichtbare Glas hin, stößt mit ihm an und führt es erneut zum Mund.

„Glas?“

Yvonne hüpft vor Freude und zeigt an, dass nun der nächste Wortteil an der Reihe ist. Mit ihren Händen greift sie nach zwei imaginären Türknaufen und tut so, als würde sie etwas öffnen.

Mike runzelt die Stirn. „Was soll’n das sein?“

Sie wiederholt die Bewegung und sieht ihn dabei eindringlich an.

„Tür?“ Er zieht die Augenbrauen hoch. „Glastür!“ Er reißt beide Arme hoch, dreht sich Richtung Publikum und will sich schon feiern lassen, da bekommt er einen wütenden Schubs von Yvonne. Sie schüttelt den Kopf und hebt mahnend den Zeigefinger. Mit den Händen formt sie ein rechteckiges Ding, nimmt wieder die Griffe und öffnet die Türen.

Er starrt wie hypnotisiert auf ihre Bewegungen und wischt sich den Schweiß von der Stirn.

Ja, denken strengt an. Setzen, sechs.

„Ich weiß nicht, was das sein soll, echt nicht!“

Gerade als Yvonne den Moderator um eine neue Karte bitten will, brüllt Mike plötzlich „Schrank! Glasschrank!“, und sie lässt erleichtert die Karte fallen.

Als Mia den nächsten Begriff mitliest, verdreht sie die Augen. *Geschlechtskrankheit.* Aber statt den Begriff zu tauschen, nimmt Yvonne die Herausforderung an.

Sie ist, das muss Mia neidlos anerkennen, richtig gut. *Hättest du dir nicht einen Mitspieler aus dem Tierreich ausgewählt, hättest du das hier gewinnen können.*

Yvonne zeigt zwischen ihre Beine, dann zwischen die von Mike. Die Halle tobt.

Mike grinst anzüglich. „Später, Baby, später."

Doch Yvonne geht gar nicht darauf ein, zeigt erneut zwischen ihre und Mikes Beine und fängt dann an, mit leidendem Gesichtsausdruck über die Bühne zu schlurfen.

Das Publikum lacht Tränen.

Yvonne dreht sich zu Mike um, der sie aber nur planlos anstarrt. Sie seufzt und schlurft in seine Richtung. Die Augen halb geschlossen, zitternd und gebeugt steht sie nun vor ihm.

„Äh, alt?"

Sie schüttelt den Kopf, überlegt kurz und beginnt dann, lautlos zu husten. Sie hält sich den Handrücken an die Stirn und hustet erneut.

„Krank?"

Sie jubelt kurz und deutet dann mit den Fingern, dass das das zweite Wort gewesen war. Dann zeigt sie wieder auf Mikes und ihren Schritt. Erwartungsvoll blickt sie Mike an.

„Sexkrank?"

„Noch zwanzig Sekunden", wirft der Moderator nach einem kurzen Blick auf seine Uhr ein.

Panisch deutet Yvonne nun auf ihren, Mikes, Mias und Stefans Schritt, zeigt mit den Fingern eine eins, dann hustet sie kurz und zeigt die Zwei.

In Mikes Kopf rattert es, man kann es fast hören. Eine Ader an seiner Stirn ist nun deutlich zu sehen, und er leckt sich den Schweiß von der Oberlippe. „Äh … verdammt. Äh … „

Yvonne wiederholt ihre Performance, so lange, bis der Moderator die Hand hebt und „Die Zeit ist leider um!“ ruft.

„Das gesuchte Wort war ‚Geschlechtskrankheit‘ – damit hat dieses Team nur einen Punkt abgeräumt.“

Yvonne flucht und Mike sucht sofort die Schuld bei ihr. „Das hättest du echt besser machen können.“

„Ach ja? Wie denn?“, faucht sie zurück.

Der Moderator wendet sich nun Mia und Stefan zu. „Seid ihr bereit?“

Stefan und Mia nicken kurz.

„Gut, der erste Begriff ist …“, er hält die Karte ins Publikum und dann erst zeigt er sie Mia. *Gartenzaun. Öhm.*

„Die Zeit läuft ab … jetzt.“

Mia fällt auf die Knie und beginnt in der Erde zu buddeln.

„Sand spielen!“

Sie schüttelt den Kopf. Sie nimmt unsichtbare Blumen und pflanzt sie ein.

„Blumen!“

Sie wackelt mit dem Kopf und gibt ihm damit zu verstehen, dass er nah dran ist. Sie zeigt auf ihr angelegtes Blumenbeet und dann auf die Fläche rundum.

„Garten?“

Lächelnd hebt sie den Daumen nach oben und zeichnet nun mit den Händen den Zaun nach.

„Zaun! Gartenzaun!“ Mia springt auf, klatscht sich mit Stefan ab und wartet auf den nächsten Begriff.

Überflieger. Puh. Kaum hat sie das Startzeichen bekommen, hält Mia ihre Hand flach vor sich. Mit der anderen Hand deutet sie erst unter, dann über ihre Hand. Mit dem Zeigefinger pikt sie immer wieder über ihre Hand.

„Oben?“

Sie wackelt mit der flachen Hand und verkneift das Gesicht, um ihm zu signalisieren, dass es zwar ähnlich, aber nicht richtig ist. Sie unterbricht, zeigt mit den Fingern die Zwei, breitet die Arme aus und rennt über die Bühne.

„Fliegen?“, ruft ihr Stefan hinterher.

Freudestrahlend kommt sie zurück und bedeutet ihm, die beiden Wörter zu verbinden.

„Oben fliegen? Obenflieger?“ Er sieht sie irritiert an, aber sie fordert ihn mit hochgezogenen Brauen auf, weiterzuraten. „Überflieger!“, ruft er, und Mia ballt die Faust.

Einen Begriff nach dem anderen arbeiten sie ab und zum Schluss schaffen sie sieben Begriffe.

„Und die Sieger sind hiermit Mia und die Nummer 99!“, verkündet der Moderator und das Publikum applaudiert. „Wer verbirgt sich denn hinter der Nummer 99?“ Er hält Stefan das Mikrofon vor den Mund.

„Stefan.“

„Dann haben hiermit Stefan und Mia sich morgen Abend ein romantisches Candle-Light-Dinner erspielt. Ihr bekommt euren eigenen Butler, genießt unter dem Sternenhimmel ein 3-

Gänge-Menü und kommt euch hoffentlich noch ein klein wenig näher. Gratulation!“

Unter tosendem Applaus verlassen die Spieler die Bühne und kehren auf ihre Plätze zurück.

Die Show beginnt.

Nina drückt Mia ganz begeistert. „Ihr ward so was von gut! Hammer!“

„Und wir haben den Möchtegern-Arnie geschlagen. Das war der Typ, den ich beim ersten Abendessen am liebsten mit der Gabel erstochen hätte.“

„Der war das?“ Nina runzelt die Stirn. „Jetzt versteh ich dich, der totale Unsympath. Aber toller Körper! Tüte über den Kopf und Mund zu …“ Sie grinst.

Mia beobachtet Stefan aus den Augenwinkeln heraus. Er sieht nett aus, obwohl ‚nett‘ ja nicht unbedingt eine Auszeichnung ist. Und sie sind ein verdammt gutes Team auf der Bühne gewesen. Als ob er ihre Blicke spüren würde, dreht er den Kopf und lächelt sie an. Sie beugt sich zu ihm. „Du bist also die Nummer 99, hm?“

Er grinst entschuldigend. „Einer muss es doch sein, oder?“

Mia lehnt sich zurück und sieht den Künstlern zu, die gerade jonglierend über die Bühne springen. *Nun gut. Also unter den Umständen muss ich den versuchten Kuss neu einordnen. Alles auf Null, Mia.*

Kaputte Frau

Das Programm ist erstaunlich gut! Es treten Jongleure, Akrobaten, Clowns und sogar ein Zauberer auf. Und Mia ist froh, dass es dieses Mal eine andere Frau aus dem Publikum trifft, die sich zersägen lassen darf. Das Essen ist wieder vorzüglich, und alles in allem wäre es ein toller Abend, wären da nicht Mias Kopfschmerzen. Durch die nicht optimale Sehkraft muss sie sich wirklich anstrengen, dem Programm auf der Bühne zu folgen, und das fordert nun seinen Tribut. Mia massiert ihre Schläfen und verkneift das Gesicht.

„Geht es dir nicht gut?“, fragt Nina besorgt.

„Es tut mir echt leid, aber ich glaube, ich geh aufs Zimmer. Ich hab ganz ekelhafte Kopfschmerzen.“

„Soll ich dich begleiten?“, bietet Stefan höflich an, doch Mia verneint. Wer weiß, vielleicht würde Stefan einen weiteren Annäherungsversuch starten, und darauf hat sie so gar keine Lust. Sie will bloß noch ihre Ruhe.

„Dann sehen wir uns morgen zum Dinner?“, fragt Stefan und reicht Mia ihre Handtasche.

„Ja, spätestens beim Dinner“, nickt Mia und versucht ein Lächeln. Sie umarmt Nina, die ebenfalls aufgestanden ist, und flüstert ihr ins Ohr: „Viel Spaß mit deinem Date, und benimm dich anständig!“

„Ja, Mama!“ Nina drückt sie fest zum Abschied und Mia verlässt das Restaurant.

Sie geht in ihre Kabine, nimmt eine Kopfschmerztablette und legt sich ins Bett. Die Stille tut ihr gut, auch der pochende Schmerz lässt langsam nach. Wenn sie sich noch ein wenig ausruht, geht es ihr vielleicht so viel besser, dass sie zu den anderen an die Bar gehen kann. Sie grübelt über den Abend und Nummer 99 nach und dann ist sie auch schon eingeschlafen.

Unsanft wird sie von einem Klopfen an der Tür geweckt. An dem kleinen Bullauge sieht sie, dass es draußen stockfinster ist. Sie reibt sich vorsichtig die brennenden Augen. *Mit Linsen schlafen ist eine ziemlich schlechte Idee.* Es klopft erneut, dieses Mal lauter und fordernder. Mia schiebt sich aus dem Bett. „Wer ist da? Nina?“, fragt sie durch die geschlossene Tür.

„Ist Rosalia!“, schnarrt dumpf die vertraute Stimme der Putzfrau.

Rosalia? Also wenn die jetzt nachts die Belohnung für ihre Zaubercreme einfordern will, dann kann die was erleben. Die spinnt wohl!

Mit Schwung reißt Mia die Tür auf.

„Miss müssen kommen, helfen.“ Rosalia nimmt sofort Mias Hand und zieht sie in den Flur.

„Helfen? Wobei?“ Irritiert versucht sie, sich aus dem Griff zu befreien, doch Rosalia lässt nicht locker.

„Frau kaputt. Brauchen Hilfe. Rosalia nicht schaffen allein!“

Frau kaputt? Mia stolpert neben Rosalia her, die eine ziemlich zackige Gangart an den Tag legt. „Wo gehen wir denn hin? Und wer ist kaputt?“ Mia versteht nur Bahnhof.

Am Ende des Flurs verlangsamt Rosalia ihre Schritte und weist auf ein Häuflein Elend, das zusammengesunken in einem Türrahmen lehnt. Es ist Nina, die stockbetrunken mit geöffnetem Mund selig vor sich hin schnarcht.

„Sehen? Ich nicht tragen kann diese Frau allein. Sieht aus wie dünn, wiegt aber wie Laster.“ Rosalia stemmt die Hände in die Hüften, schnauft und starrt Nina ärgerlich an.

Mia geht neben Nina in die Hocke und tätschelte ihre Wange. „Nina? Nina!“

Nina lächelt im Schlaf und gibt unverständliche Laute von sich.

Rosalia beugt sich genervt nach vorn und patscht Nina nicht ganz so sanft erneut auf die Backen. „Miss! Aufwache!“

Ninas Augenlider öffnen sich nur halb. „Hallloooo Mia.“ Sie grinst dümmlich.

„Sag mal, was machst du denn für einen Scheiß?“ Mia greift verärgert unter Ninas Achsel und mit Rosalias Hilfe schafft sie es, Nina aufzurichten. Die Frauen klemmen sich jeweils einen Arm von Nina über die Schulter und schleppen die Betrunkene Richtung Zimmer. Ninas Kopf baumelt auf ihrer Brust und ihre Beine schlurfen eher hinterher, als dass sie etwas zur Entlastung beitragen. „Dave is ja soooo süß“, murmelt sie kichernd und von der Fahne angeblasen dreht Mia angewidert den Kopf zur Seite.

„Was kaputt diese Frau? Hat getrunken so viel wie alle meine drei Kinder zusamme in ganze Lebe!“ Rosalia flucht auf Spanisch. „Was kaputt, hm?“ Diese Frage richtet sie nun direkt an Mia, die nur die Augenbrauen hochzieht.

„Sie hat eben zu viel getrunken …“ Mia keucht.

„Neinneinein“, Rosalia schüttelt bestimmt den Kopf. „Viel Schmerz diese Frau in Lebe. Sie lösche böse Erinnerung mit trinke.“

Oh, ein chinesischer Glückkeks. Mia rollt mit den Augen.

„Was ihr Frauen machen die ganze Tag? Wohne zusamme, aber nix wissen von andere. Nur Party.“ Sie schnalzt missbilligend mit der Zunge und Mia fühlt sich tatsächlich ertappt. Schuldbewusst nimmt sie sich vor, morgen mal mit Nina ein ernsthaftes Gespräch zu führen. Aber erst mal muss es ein Morgen geben.

Nina ist tatsächlich schwerer, als sie aussieht. Nur unter großer Anstrengung gelingt es den beiden Frauen, Nina ins Zimmer zu bugsieren und mehr oder weniger aufs Bett zu werfen. Nina fällt bäuchlings um, bleibt schnarchend, mit dem Kopf zur Seite gedreht, liegen und rührt sich nicht mehr.

Heftig schnaufend dreht sich Mia zu Rosalia. „Danke, das war echt lieb von Ihnen.“ Sie zieht ihren Geldbeutel aus der Handtasche, aber Rosalia hebt abwehrend die Hand. „Nix geben, Miss. Reden mit kaputte Frau und helfen.“ Und schon ist sie aus dem Zimmer verschwunden.

Mia schließt die Tür und setzt sich nachdenklich neben Nina aufs Bett. Ninas Lippen sind durch die seitliche Lage wie ein Fischmund aufgebogen, und sie sägt einen Baum nach dem anderen um. Mia macht sich schnell im Bad bettfertig. Danach zieht sie Nina seufzend die Schuhe aus, deckt sie zu und legt sich neben ihr ins Bett. *Wir reden morgen, kaputte Frau.*

Augenschmaus

Als Mia am Morgen erwacht, ist der Kopfschmerz verschwunden. Sie wirft einen Blick auf ihre Uhr: 7:35. Verschlafen reibt sie sich die Augen, gähnt herzhaft und beugt sich vorsichtig zu Nina. Die liegt immer noch in derselben Position, in der sie abends aufs Bett gefallen war. Sie gibt auch die gleichen Töne von sich. *Den Wald hast du doch mittlerweile abgeholzt.*

Da Mia noch keinen großen Hunger hat, beschließt sie, dem Fitnessstudio an Bord einen Besuch abzustatten. Sie zieht sich ihre Jogginghose und ein eng anliegendes Shirt an, putzt die Zähne und macht sich auf den Weg.

Vor dem Hauptsaal kommt sie wieder an dem Informationsbrett vorbei und sieht, dass für den nächsten Tag ein Ausflug nach Mykonos geplant ist. Ohne zu zögern trägt sie Nina und sich ein und studiert dann den Lageplan. Das Fitnessstudio befindet sich auf Ebene drei. *Also, auf auf! Morgenstund hat Gold im Mund!*

Beschwingt betritt Mia das fast leere Studio. Nur ganz hinten trainiert ein Kerl an den Gewichten seine ohnehin schon ziemlich monströsen Muskeln. Er nickt Mia kurz zu und beobachtet dann wieder das Muskelspiel auf seinem Arm. *Muss Liebe schön sein.*

Mia setzt sich auf ein Gerät und genießt erst mal die Ruhe und die Aussicht. Die komplette Front vor den Laufbändern ist verglast, und man hat eine atemberaubende Aussicht auf das Meer und den Horizont.

Gerade als sie ihre Arme um die Griffe des Trainingsgeräts legt, öffnet sich die Tür und das Kamerateam betritt lautstark diskutierend den Raum. *Nicht schon wieder*!

Als der Regisseur Mia erblickt, sagt er zu seinem Team gewandt: „Glück gehabt, da ist eine." Doch als er näher kommt, verdunkelt sich seine Miene. „Das Gesicht hatten wir schon in Nahaufnahme, das geht nicht."

„Das Gesicht heißt Mia", brummt sie sauer, doch der Regisseur beachtet sie gar nicht.

Der Tonmann schmunzelt kurz, dann weist er zu den Gewichten. „Und der?"

Der Regisseur wirft einen prüfenden Blick auf den trainierenden Mann, dann schüttelt er den Kopf. „Viel zu viel Anabolika. Das macht sich nicht gut. Also los, Jacob", fordert er den Tonmann auf, „zieh dich um! Mach schon!"

Während das restliche Team die Kamera und den Ton bei den Laufbändern in Stellung bringt, beginnt sich der Tonmann direkt vor Mia umzuziehen. Kurz erhascht sie einen Blick auf seine durchtrainierten Beine, bevor er in eine Jogginghose schlüpft und sich Sneaker anzieht.

Mia schielt immer wieder in seine Richtung. *Leckeres Kerlchen, dieser Jacob.*

„Jetzt mach schon, Jacob! Das Licht ist gerade perfekt!", drängt der Regisseur. „Und zieh dein T-Shirt aus!"

Jacob hält kurz inne, dann zieht er sich seufzend das Shirt über den Kopf. Mia kann die Bewegungen seiner Rückenmuskulatur beobachten. Sie ertappt sich dabei, dass sie den Tonmann mit offenem Mund angafft. Schnell klappt sie ihn zu und räuspert sich. „So wie es aussieht, könntest du ganz groß rauskommen. Hollywood ruft, hm?“ Sie grinst.

Er dreht sich zu ihr um, fährt sich durch die zerstrubbelten Locken und grinst zurück. „Tja. Aber ich dachte nicht, dass ich mich dafür anstrengen muss. Eigentlich wollte ich mich nach oben schlafen.“ Damit wendet er sich von der sprachlosen Mia ab und steigt auf das Laufband.

Nach ein paar Einstellungen seinerseits fängt das Band an zu laufen und Jacob joggt lässig in der Geschwindigkeit mit. Das Licht fällt genau auf sein Gesicht und seine Brust.

„Du musst männlich aussehen, Jacob, spann mal den Kiefer an! Du läufst ja wie ein Mädchen!“, blafft der Regisseur und reißt Mia aus ihren Gedanken.

Mia ist etwas enttäuscht, als der Regisseur ‚Schnitt‘ ruft und Jacob erleichtert vom Laufband springt, um sich wieder umzuziehen.

Das Team filmt noch ein paar Sequenzen durch das ganze Fitnessstudio und schon sind sie wieder verschwunden. Jacob hat sie nicht mal mehr angesehen. Und Mia hat bis dahin noch keine einzige Übung gemacht.

Seufzend beginnt sie, mit einem Gerät ihre Arme zu trainieren. Aber in ihrem Kopf geistert der halbnackte Jacob herum und stellt unanständige Dinge mit ihr an. Sie grinst. *Das verbrennt immerhin auch Kalorien.*

Spiel, Satz, versenkt

Eineinhalb Stunden später betritt sie ihre Kabine. Ihr Magen brummelt mittlerweile so laut, dass ihr wahrscheinlich schon die Wale unter Wasser antworten.

Nina liegt immer noch genau so da, wie gestern Nacht und am Morgen, als Mia das Zimmer verlassen hat. Sie setzt sich neben Nina und versucht, sie mit sanftem Bewegen der Schulter wachzukriegen. Keine Chance. Nina gibt grunzende Laute von sich und dreht sich auf die andere Seite. *Na wenigstens liegt sie sich jetzt nicht wund.* Mia gibt auf und geht ins Bad.

Frisch geduscht und umgezogen, wirft sie einen Blick auf ihren Pager. Keine Nachricht. Sie seufzt. Warum auch, jetzt ist der Zauber ja vorbei. *Schade irgendwie.* Sie deckt Nina richtig zu und schreibt eine Nachricht. *Bin beim Frühstücken. Bis gleich.* Sie legt den Zettel direkt neben Ninas Kopf und verlässt das Zimmer.

Mia ist eine der Ersten im Speisesaal und hat sich sowohl einen leeren Tisch aussuchen als auch am noch gut bestückten Buffet bedienen können. Sie balanciert den viel zu vollgeladenen Teller zu ihrem Tisch. Beim Buffet gilt das Gleiche wie beim Einkaufen: Nicht mit Hunger!

Sie beißt gerade in ihre Semmel, als sich jemand dem Tisch nähert.

„Ist bei dir noch frei?“ Felix stellt sich hinter einen Stuhl und wartet darauf, dass Mia ihm die Erlaubnis erteilt, sich zu ihr zu setzen.

„Klar.“

Geräuschvoll zieht er den Stuhl zurück und nimmt Platz. „Ich habe dich gestern im Theater gesehen. Ihr wart echt gut.“ Er schneidet seine Semmel auf und fängt an, sie mit Salami und Käse zu belegen. Alle überstehenden Salami- und Käsereste schneidet er akkurat mit dem Messer ab und legt sie an den Tellerrand. „Ist das dein Freund?“, fragt er beiläufig und klappt die Semmelhälften zusammen.

„Ähm, nein. Wir lernen uns gerade erst richtig kennen.“

„Aha.“ Er beißt zu und kaut.

„Wir schreiben uns seit ein paar Tagen.“ *Warum rechtfertige ich mich?* Mia fühlt sich unwohl.

„Was machst du nach dem Frühstück? Bist du verabredet?“

Die Inquisition persönlich. Die Art und Weise, wie und mit welchem Ton er Fragen stellt, gefällt Mia gar nicht. Als ob er beleidigt wäre. „Ich werde mit Nina an den Pool gehen. Relaxen.“ *Falls Nina bis dahin das Bewusstsein wiedererlangt hat. Wenn nicht, rolle ich sie zum Pool.*

„Ah, ich werde nachher auch an den Pool gehen. Dann können wir ja vielleicht eine Runde Wasserball zusammen spielen.“

„Hmm“, nickt Mia mäßig begeistert.

„Und was machst du heute Abend?“

„Da habe ich eine Verabredung. Zum Dinner.“

„Ach, stimmt. Der Gewinn.“ Er rührt lautstark in seiner Kaffeetasse. „Wenn du willst, können wir uns ja nach dem Dinner an der Bar treffen.“ Er klopft mit dem Löffel seitlich an die Tasse. „Vielleicht läuft das Dinner ja nicht wie erhofft.“ Er nimmt den Löffel in den Mund und lutscht ihn langsam ab.

Mia schüttelt sich. „Ich denke nicht. Ich freue mich auf das Dinner.“

Sie frühstückt schnell fertig und beeilt sich, ins Zimmer zurückzukommen. Es ist an der Zeit, Tote zum Leben zu erwecken.

Nina liegt immer noch im Bett und schnarcht selig vor sich hin. „Nina!“ Jetzt rüttelt Mia sie richtig. „Jetzt wach auf, du alte Schnarchnase!“ Sie dreht Nina wie einen Teig hin und her.

„Was ist denn?“, brummt die ziemlich verstimmt.

„Aufwachen! Du hast jetzt echt genug geschlafen. Komm schon, wir gehen an den Pool! Da bekommst du den stärksten Kaffee, den es gibt.“

Nina reibt sich über das Gesicht. „Mein Schädel brummt höllisch. Hast du eine Kopfschmerztablette?“

Mia holt ein Glas Wasser aus dem Bad, wirft eine Tablette hinein und hält das sprudelnde Getränk Nina unter die Nase. Die hat sich mittlerweile am Kopfteil des Bettes angelehnt und massiert sich die Schläfen.

„Weißt du eigentlich, dass ich dich gestern mit der Putzfrau zum Zimmer getragen habe?“ Mia schlägt einen ernsteren Ton an.

„Echt?“ Nina grinst, hält sich aber sofort wieder den Kopf und flucht. „Oh mein Schädel!“ Sie trinkt das Glas in einem Zug aus und seufzt. „Ja, war ein wilder Abend gestern.“

„Wild? Du konntest nicht mal mehr laufen! Du hast vor irgendeiner Zimmertür geschlafen! Da hätte sonst was passieren können!“

„Mamma Mia …“ Nina schließt die Augen und lehnt ihren Hinterkopf an die Wand.

„Warum hat dich Dave eigentlich nicht zum Zimmer gebracht?“ Mia verschränkt die Arme vor der Brust.

„Der musste plötzlich weg, arbeiten. Wir haben komplett die Zeit vergessen.“ Nina lächelt verzückt. „Er war so toll …“, schwärmt sie. Auf einmal reißt sie die Augen auf und setzt sich senkrecht hin. „Wie viel Uhr haben wir?“

„Kurz vor elf“, antwortet Mia nach einem Blick auf ihre Uhr. „Frühstück schaffst du wohl nicht mehr“, stellt sie trocken fest.

„Scheiße!“ Fluchend springt Nina aus dem Bett und stürmt ins Bad. „Ich bin um halb zwölf mit Dave zum Mittagessen verabredet.“

Also doch allein zum Pool.

Mia sucht sich eine Liege etwas abseits und macht es sich gemütlich. Sie wirft einen Blick auf ihren Pager.

»Von 42: Um halb zwölf gehen wir ins Wasser. Vielleicht hast du Lust auf ein Spiel?«

Mia verdreht die Augen und schiebt den Pager zurück in ihre Tasche. *Wie kann man planen, dass man um eine bestimmte Zeit ins Wasser geht?* Sie zieht ihr Handy heraus und beginnt, eine Nachricht an ihre WhatsApp-Gruppe zu tippen. »Falls ihr euch wundert, warum ich so wenig schreibe: Es ist kompliziert. Ich werde euch alles haarklein berichten, wenn ich wieder zuhause bin.«

Keine Minute später erscheint schon die erste Antwort von Lucy: »Kompliziert klingt aber gar nicht so schlecht. Hast du denn einen Mann kennengelernt?«

»An WhatsApp-Gruppe: Irgendwie ja, aber ich weiß nicht, ob das was wird.« Mia seufzt leise.

»Von Lucy: Aber immerhin passiert was, das ist doch toll!«

»Von Pia: Hau rein und nimm mit, was geht! Und wehe, du lässt was aus, wenn du uns nach dem Urlaub alles erzählst! Ich will jede schmutzige Einzelheit hören. ☺«

»Von Lucy: Gibt es denn schmutzige Einzelheiten?«

Mia grinst verlegen. »An WhatsApp-Gruppe: Noch nicht. Nur Kopfkino.«

»Von Lucy: Aber deine Libido lebt! Jeay! Wenn das mal kein Grund zum Feiern ist. Allein deswegen hat es sich ja schon gelohnt!«

Mia legt den Kopf schief. Das stimmt! Selbst in ihrem Kopfkino ist jahrelang kein Film mehr ab achtzehn gelaufen. »An WhatsApp-Gruppe: Aber das Kopfkino hatte ich nicht bei dem, mit dem ich heute ein Rendezvous habe. Ich sag ja, ist kompliziert!«

»Von Pia: Das klingt ja wirklich spannend! Gib Gas! Du hast nur noch drei Tage, um sie mit Flirts und wildem Sex zu füllen.«

»Von Franzi: Wenn Mia eine richtige Beziehung sucht, ist wilder Sex vielleicht nicht gerade ein guter Anfang!«

Mia schmunzelt. Typisch Franzi. Sie kann sie vor sich sehen, wie sie allein bei den Worten ‚wilder Sex‘ einen hochroten Kopf bekommt.

»Von Lucy: Mia macht das schon, Mädels. Hab Spaß! Ich freu mich, wenn ich dich in Venedig abholen kann. Vermiss dich ganz schön … Hab dich lieb!«

»An WhatsApp-Gruppe: Ich vermiss euch auch. Bis dann. Drückt mir die Daumen!« Lächelnd schiebt sie das Handy zurück in ihre Tasche. *Noch drei Tage, Mia.*

In der Sonne ist es ganz schön heiß geworden, und Mia will eine Runde im Pool schwimmen, um sich abzukühlen. Sie positioniert ihre Tasche auf der Liege so, dass sie sie vom Wasser aus sehen kann. *Vertrauen ist gut, aber nur mit Kontrolle funktioniert's.* Dann setzt sie sich an den Beckenrand und lässt die Beine ins Wasser baumeln.

„Spielst du mit?“

Ein Mann schwimmt auf sie zu und sie erkennt Felix, der eine Badekappe und eine Nasenklemme trägt. „Wir könnten noch einen Mann …“, er unterbricht sich „,… eine Frau gebrauchen. Spielst du mit?“

Mia zieht die Nase kraus. „Ich weiß nicht. Ich hab noch nie Wasserball gespielt.“

„Das ist ganz leicht. Komm mit, du bist bei mir im Team.“

Zögernd gleitet Mia ins Wasser und schwimmt Felix hinterher.

„Also, der Ball darf mit jedem Körperteil berührt werden. Aber nur mit einer Hand gespielt. Also fangen und werfen immer nur mit einer Hand, nicht mit beiden. Du versuchst, dir den Ball zu schnappen und in das Tor da zu werfen. Allerdings muss der Ball zuvor von mindestens zwei Spielern berührt worden sein. Alles klar soweit?“

Mia nickt unsicher.

„Und du darfst niemanden halten oder tauchen, der nicht in Ballbesitz ist. Okay?“

Mia nickt erneut.

„Gut. Du bist mit mir und Tim dort drüben in einem Team. Dann los, Leute, Aufstellung!“

Aufstellung? Mia bleibt einfach, wo sie ist, und tritt auf der Stelle im Wasser.

Das Spiel beginnt und Felix ist in Ballbesitz. Er sieht zu Mia hinüber und deutet hektisch mit dem Kopf, dass sie Richtung Tor schwimmen soll. Mia macht ein paar kräftige Züge und sieht im Augenwinkel, wie Felix den Ball in ihre Richtung wirft. Sie dreht sich strampelnd auf den Rücken und will ihn mit einer Hand fangen, aber der Ball prallt an ihrer Handfläche ab und klatscht vor ihr auf die Wasseroberfläche. Wasser spritzt ihr in die Augen. Panisch blinzelnd versucht sie, ihn mit der Hand aufzunehmen, aber das glitschige Ding dreht sich und hüpft vor Mia davon. Schon hat einer der Gegenspieler sie erreicht, schnappt ihr den Ball vor der Nase weg, wirft ihn zu seinem Mitspieler und der donnert ihn mit einem Wurf ins Tor.

Das Team klatscht sich ab und Mia reibt sich die brennenden Augen.

„Können wir bei Mia eine Ausnahme machen und sie mit beiden Händen fangen lassen? Sonst wird das nie was.“ Felix sieht genervt aus.

„Alles klar." Alle nicken zustimmend.

„Also Mia, du darfst mit beiden Händen fangen."

Zu gütig. Frauenbonus. Sie entfernt sich schweigend ein Stück vom Tor, und gerade, als sie sich umdreht, bekommt sie den Ball voll an die Stirn. Japsend schnappt sie nach Luft.

„Du musst schon aufpassen, Mia!" Mit vorwurfsvoller Miene schwimmt Felix zu ihr und nimmt den Ball an sich. „Es geht weiter, Jungs!"

Schon ist der Ball wieder im Spiel, aber Mia ist die Lust gründlich vergangen. Gerade als sie sich verabschieden will, visierte sie Tim an und wirft.

Ahhh, verdammt! Mia hebt beide Arme und es gelingt ihr tatsächlich, den Ball zu fangen. Allerdings schafft sie es nicht, ohne ihre Arme über Wasser zu bleiben. Mit dem Ball in der Hand geht sie unter. Während sie versinkt, schleudert sie den Ball irgendwo hin und strampelt sich zurück an die Oberfläche. Keuchend und hustend mit zusammengekniffenen Augen taucht sie auf.

„Mann Mia! Das war ein Fehlpass! Jetzt haben die anderen schon wieder ein Tor geschossen! Du musst schon schauen, wo du hinwirfst!" Felix klatscht genervt auf die Wasseroberfläche.

„Das ist ein Scheißspiel und ihr könnt alleine weitermachen!" *Steck dir deine Nasenklammer sonst wo hin!* Wütend dreht Mia ab und schwimmt zum Beckenrand zurück.

„Hey Mia, das wird bestimmt noch besser!", ruft ihr Felix nun versöhnlicher hinterher, aber Mia ignoriert ihn.

Immer noch hustend zieht sie sich aus dem Wasser und stampft zu ihrer Liege. *Vollidiot! Scheißspiel.* Sie wickelt sich in ihr Handtuch und legt sich auf die Liege. Ihre Augen brennen immer noch und ihr Puls ist bestimmt weit jenseits der 180. Sie schließt die Augen und atmet tief durch. *Ruhig Brauner, gaaaanz ruhig! Ich lass mir doch den Urlaub von so einem Idioten nicht versauen.*

Die Sonne auf ihrer Haut tut gut und so langsam entspannt sich Mia wieder. In ihrem Kopf streicht sie den Namen Felix fett durch.

Dinner for one

Am späten Nachmittag geht Mia zurück zu ihrer Kabine. Nina ist nicht am Pool aufgetaucht und im Zimmer ist sie auch nicht. Mia hängt ihr Handtuch und den Bikini auf, duscht sich und zieht sich um. Gerade als sie fertig ist, öffnet sich die Tür und Nina kommt freudestrahlend ins Zimmer. „Hey, du bist ja da!“

„Ja, aber auch erst seit Kurzem. Wie war dein Date?“

Nina lässt sich rücklings aufs Bett fallen und schwärmt. „Oh Dave ist der Wahnsinn. Wir hatten so viel Spaß!“

„Hattet ihr was miteinander?“, fragt Mia vorsichtig.

„Also wir hatten keinen Sex, wenn du das wissen wolltest.“

Mia atmet erleichtert aus.

„Aber alles andere. Er ist ziemlich geschickt!“ Sie kichert und wird rot. „Sogar oben auf der Brücke.“ Sie grinst breit. Dann dreht sie sich zur Seite und sieht Mia an. „Ich glaube echt, dass das was werden könnte.“ Sie schnappt sich ein Kissen und umarmt es strahlend. „Ich bin verliebt!“

„Aber … aber du hast doch gesagt, es wäre nur Spaß “, wirft Mia entsetzt ein.

Nina setzt sich auf. „Und aus Spaß wurde Ernst, und Ernst ist jetzt drei Jahre alt …“, leiert sie hinunter. „Ich weiß, was ich gesagt habe. Aber Dave ist so toll! Er trägt mich auf

Händen und gibt mir das Gefühl, etwas ganz Besonderes zu sein!“ Mit glasigem Blick sinkt sie wieder zurück auf das Kissen.

Ja, dir und tausend anderen. „Lern ihn erst mal besser kennen, bevor du dich in was reinsteigerst“, versucht Mia, Ninas Euphorie zu bremsen.

Genervt setzt sich Nina wieder auf. „Ich dachte, du freust dich für mich! Was kann ich denn dafür, dass deine Nummer 99 kein Volltreffer ist?“

Moment mal! „Das hat doch nichts mit mir zu tun! Ich habe nur bei Dave kein so gutes Gefühl und will nicht, dass er dich verletzt, das ist alles!“, gibt Mia säuerlich zurück. *Die rosarote Brille, da ist sie wieder.*

Nina seufzt. „Du musst dir keine Sorgen machen. Dave ist toll und er mag mich wirklich! Das weiß ich.“

Mia setzt sich langsam aufs Bett.

„Jetzt guck nicht so bedröppelt! Er ist der Richtige, ich spüre das! Er wird mir nicht wehtun.“

„Das hoffe ich. Aber ich hab trotzdem kein gutes Gefühl.“

„Na dann sorgen wir mal dafür, dass du ein besseres Gefühl bekommst! Jetzt machen wir dich schick für dein Rendezvous heute Abend, ja?“

Ninas Strahlen steckt Mia an und sie lächelt zurück. „Na gut. Dann hol das Beste aus mir raus!“

„Wird gemacht.“

Um kurz vor acht betritt Mia das oberste Deck. Dieser Bereich ist eigentlich nur für die Crew-Mitglieder zugänglich, da er sich direkt neben der Kommandobrücke befindet. Ein Kellner begrüßt sie höflich und führt sie an den Tisch. Alles ist mit Kerzen ausgeleuchtet, Blumen sind arrangiert worden, leise Musik tönt aus dem Hintergrund und ein bereits kaltgestellter Champagner steht in einem Eiskübel neben dem Tisch. „Das ist wirklich hübsch“, lobt Mia den Kellner, als sie sich setzt. Er verbeugt sich und verschwindet.

Die Atmosphäre ist einzigartig: Kerzenlicht, romantische Musik und um sie herum das weite Meer. Sie atmet die kühle Meeresluft ein und seufzt. Es ist einfach wunderschön.

Da betritt auch Stefan das Deck und wird vom Kellner zum Tisch gebracht.

„Guten Abend, Mia“, er lächelt und setzt sich. „Du siehst toll aus. Geht es dir wieder gut?“

„Ja, danke. Kein Kopfschmerz mehr. Alles gut.“

Der Kellner entkorkt den Champagner und schenkt den beiden ein.

„Auf den Abend und dass wir uns besser kennenlernen!“ Stefan hebt sein Glas und Mia stößt mit ihm an.

Der Champagner wärmt sie sofort und ein wohliges Gefühl breitet sich in ihrem Bauch aus.

„Und? Was hast du heute Schönes gemacht?“, versucht Stefan, das Gespräch in Gang zu bringen.

„Heute Morgen war ich kurz im Fitnessraum …“ Das Bild von Jacob mit nacktem Oberkörper auf dem Laufband schießt ihr durch den Kopf, „… äh, und danach war ich eigentlich den ganzen Tag am Pool.“ Ihr Gesicht glüht und ihr Mund ist plötzlich ganz trocken. Hastig nimmt sie einen kräftigen Schluck Champagner und räuspert sich.

„Am Pool habe ich dich gesehen. Du hast Wasserball gespielt, oder? Das warst doch du?“

Wäre schön, wenn es eine andere gewesen wäre. „Ja, das war ich. Bin aber nicht so talentiert, was diese Sportart betrifft, fürchte ich.“ Sie grinst schief.

„Also was ich so beobachten konnte, hast du eine tolle Figur gemacht.“

Ja, beim Unterwasserballett vielleicht.

„Also ich meine, dass du eine ziemlich gute Figur hast!“

Mia betrachtet verlegen die Tischdeko. „Das haben die echt toll hergerichtet, findest du nicht?“, versucht sie, das Gespräch in eine andere Richtung zu lenken.

Mia ist froh, dass der Kellner die Vorspeise bringt. Schweigend essen sie den Salat.

„Schmeckt gut“, stellt Stefan zufrieden fest und Mia nickt zustimmend. „Und, wie lange bist du schon Single?“, fragt er kauend.

Och bitte nicht! Mia seufzt innerlich. „Ein paar Monate, und du?“

„Auch seit ein paar Monaten.“ Er schiebt sich eine Gabel Salat in den Mund. „Aber das war zum Schluss nichts mehr. Wir waren fast vier Jahre zusammen und irgendwie war die Luft raus.“

Also hat sie dich verlassen. Mia untersucht mit ihrer Zunge die Zahnzwischenräume, während sich Stefan auf seinen Salat konzentriert.

„Und wie bist du auf die Reise gekommen? Bist du eigentlich mit einer Freundin hier?“

„Ich habe einen TV-Spot gesehen und gleich darauf gebucht. Allein. Alle meine Freundinnen sind nämlich vergeben.“ Sie rollt mit den Augen und Stefan lacht.

„Ich bin mit meinen Jungs hier. Die haben mich dazu überredet. Ist ja auch eine gute Idee. So viel Auswahl wie hier hat man sonst nirgends.“ Er schluckt den letzten Bissen hinunter und korrigiert sich schuldbewusst. „Auswahl war das falsche Wort. Entschuldige. Aber wenn man so im normalen Leben ausgeht, ist es gar nicht so leicht, Singles kennenzulernen. Und hier ist man eben unter Gleichgesinnten.“

„Ich weiß, was du meinst. Das stimmt schon.“

Der Kellner räumt das Geschirr ab und serviert den Hauptgang.

„Und was machst du so beruflich?“, fragt Stefan und betrachtet zufrieden seinen Teller.

„Ich arbeite in einer Zahnarztpraxis. Und du?“

„Ich mache eine Umschulung zum Mechatroniker. Nächstes Jahr bin ich fertig.“

„Ah.“ Mehr fällt Mia in dem Moment nicht ein und sie wendet sich lieber dem Essen zu. Der Hauptgang schmeckt köstlich. Das Fleisch ist zart, die Kartoffeln klein und mit Butter leicht angebraten und die Soße einfach zum Dahinschmelzen. Die Atmosphäre ist perfekt und trotzdem kommt bei Mia keine rechte Stimmung auf. *Du bist eingerostet, das ist alles,* schimpft sie sich selbst und nimmt einen weiteren großen Schluck Champagner. *Als Katalysator.* Sie wirft einen prüfenden Blick auf Stefan. Er ist kein Model, aber hässlich ist er auch nicht. Er ist auch bestimmt ein netter Kerl. Während sie ihn beobachtet, stellt sie sich die wichtigste

Frage aller Fragen und ihr Blick fällt auf seinen Mund. Kann sie sich vorstellen, ihn zu küssen?

„Alles okay bei dir? Warum schaust du mich so an? Hab ich was im Gesicht?“ Er wischt sich mit dem Handrücken über die Mundpartie.

Nein. Kann sie nicht. In dem Moment brummt ihre Handtasche. „Alles in Ordnung, ich war nur in Gedanken. Entschuldige mich kurz!“ Sie zieht ihren Pager aus der Tasche.

„Wir legen übrigens gleich in Mykonos an, das können wir uns ja dann zusammen an Deck anschauen. Was meinst du?“

»Von 99: Du musst um zehn Uhr oben an Deck sein. Versteck dich unter dem Beiboot rechts neben der Treppe. Vertrau mir bitte. Und nimm Nina mit.«

Mia runzelt die Stirn. *Verstecken?* Und wieso will Stefan, dass sie Nina mitnimmt? *Stefan?* Sie sieht ihn fragend an. Es dauert ein paar Sekunden, bis es ihr dämmert. „Du bist gar nicht Nummer 99?“

„Nein, ich habe irgendwas mit einhundert. Keine Ahnung. Ich hab den Anstecker irgendwo im Zimmer liegen, warum?“

„Aber … aber du hast doch gesagt, du wärst die Nummer 99?“, stottert Mia fassungslos.

„Nein, das habe ich nicht! Du hast die Nummer 99 als Spielpartner haben wollen, aber es hat sich keiner gemeldet. Und du hast mir da oben leidgetan. Also bin ich für die Nummer 99 eingesprungen.“ Er legt das Besteck neben den Teller. „Was ist denn jetzt überhaupt los?“

Einer muss es ja wohl sein. DAS hat Stefan zu ihr gesagt. Es stimmt. *Verdammt!*

Mia wirft einen Blick auf ihre Uhr. Zwanzig vor zehn. Hastig springt sie auf und schnappt sich ihre Handtasche. „Entschuldige bitte, aber ich muss weg. Sei mir nicht böse, aber das mit uns wird nichts. Ich muss los!“ Sie lässt den völlig verdatterten Stefan allein am Tisch zurück, hastet am verdutzten Kellner vorbei zu den Fahrstühlen und drückt auf den Knopf. Noch bevor der Fahrstuhl kommt, tippt sie eine Antwort.

»An 99: Warum sollen wir da hin? «

»Von 99: Bitte mach es einfach! Und bleibt in eurem Versteck, es könnte etwas dauern. Aber es ist wichtig. Vertrau mir.«

Im Fahrstuhl schickt sie eine Nachricht an Nina. »An 194: Wo bist du?«

»Von 194: Im Zimmer, warum?«

»An 194: Wir treffen uns in fünf Minuten an Deck am Fahrstuhl. Frag nicht und komm einfach!«

»Von 194: Gut, bin unterwegs. Bin ja mal gespannt.«

Mias Magen kribbelt nervös. *Ich auch. Und wie!*

Auf frischer Tat ertappt

„Was ist denn eigentlich los?“, fragt Nina, als sie aus dem Aufzug steigt.

„Das weiß ich auch noch nicht so ganz. Komm mit!“ Sie bedeutet Nina, ihr zu folgen. Da Mia nicht weiß, was sie erwartet, schleicht sie in geduckter Haltung über Deck und bleibt neben dem Rettungsboot stehen. Die Lichter des Hafens von Mykonos sind in der Dunkelheit bereits zu erkennen.

„Schau! Mykonos!“, ruft Nina verzückt.

„Psssst!“, schimpft Mia. „Du musst leise sein.“

„Warum denn? Was ist denn los?“ Sie senkt die Stimme und sieht sich ängstlich um.

Mia geht in die Hocke. „Ich weiß es nicht, komm einfach mit hier runter.“

„Ich soll mit dir unter das Boot kriechen? Willst du mich verarschen?“

Das fragt sich Mia auch gerade. Ob Nummer 99 nicht irgendwo hier sitzt und gerade Tränen lacht. Aber dafür klingt sein Text zu ernst und Mias Bauchgefühl sagt ihr, dass sie darauf hören sollte.

„Nein, will ich nicht. Mach einfach!“, zischt sie.

Ergeben hebt Nina die Hände und geht auf die Knie. Beide krabbeln unter das Boot und warten. Es riecht nach Gummi und ist stockdunkel. „Und jetzt?“, fragt Nina flüsternd.

„Jetzt warten wir.“

„Auf was?“

„Das weiß ich nicht, aber irgendetwas soll hier passieren.“ Mia schielt unter dem Boot hervor. Niemand ist in der Nähe.

„Wer hat dir denn gesagt, dass hier irgendetwas passiert?“, fragt Nina skeptisch.

„Nummer 99.“

„Stefan? War das Dinner mit dir so schlimm, dass er dir erzählt hat, du müsstest dich schnell hier unter dem Boot verstecken und warten?“ Nina fängt an, glucksende Laute von sich zu geben.

„Hör auf zu lachen! Nummer 99 ist gar nicht Stefan. Das hat er mir gerade beim Essen erzählt und genau in diesem Moment hat mir Nummer 99 geschrieben, dass ich mich mit dir hier verstecken soll. Warum wollte er mir nicht sagen. Aber er meinte, dass es wichtig ist.“

„Na toll! Mister Unbekannt, der es bis jetzt noch nicht auf die Reihe bekommen hat, sich persönlich zu zeigen, hat eine Überraschung für uns. Wahrscheinlich springt er gleich nackt an uns vorbei. Oder er filmt uns gerade und stellt es auf YouTube.“ Sie gluckst wieder.

„Psssst!“, fordert Mia eindringlich.

Es wird unruhiger, denn Menschen betreten das Deck, um das Anlegen im Hafen von Mykonos zu beobachten. Füße schlendern an Mia und Nina vorbei, Gesprächsfetzen dringen an ihr Ohr und es wird deutlich heller. Wahrscheinlich werden Strahler angeschaltet, um das Anlegen zu erleichtern.

„Ich würde mir das auch gerne anschauen, statt hier unter einem Gummiboot Verstecken zu spielen", grummelt Nina verstimmt.

„Jetzt warte doch ab! Irgendwas passiert gleich." *Das hoffe ich. Wenn nicht, ist das mein Highlight von diesem Urlaub.*

Dann wird es noch unruhiger und lauter. Das Schiff hat angelegt und anscheinend wird die Treppe ausgefahren. In dem Stimmengemurmel um sie herum macht Nina plötzlich eine vertraute Stimme aus. „Das ist Dave!", flüstert sie und machte Anstalten, unter dem Boot hervorzukriechen.

Mia hält sie am Bein zurück. „Wir sollen hierbleiben!", zischt sie. „Und was soll er von dir denken, wenn du jetzt unter dem Boot rauskrabbelst, hm?"

Doch die Neugier ist geweckt und beide legen sich nun flach auf den Boden und robben, soweit es ihnen möglich ist, zum Spalt, um wenigstens etwas sehen zu können.

Da steht tatsächlich Dave neben der Treppe und unterhält sich lächelnd mit einem Schiffsoffizier. „Und wie lange bleibt sie …"

„… drei Wochen …"

Plötzlich scheint etwas ihre Aufmerksamkeit zu erregen und sie strahlen um die Wette.

Mia und Nina starren wie gebannt auf diese Szene.

Eine Frau taucht auf, nickt Dave freundlich zu und umarmt dann den Offizier. Sie wechseln noch kurz ein paar Worte, dann verschwinden die beiden sich küssend im Fahrstuhl. Aber Dave bleibt und blickt immer noch erwartungsvoll in

Richtung Treppe. Eine brünette, attraktive Frau tritt ins Licht. Er beugt sich zu ihr, gibt ihr einen langen Kuss und murmelt ihr etwas ins Ohr. Sie lacht kurz auf und patscht ihm spielerisch auf die Brust. Mia wirft einen Seitenblick auf Nina, die mit fassungslosem Gesichtsausdruck auf diese Szene starrt. Dave nimmt die Frau an der Hand und zieht sie mit sich.

Während sich ihre Füße Mia und Nina nähern, können die beiden verstehen, was gesprochen wird.

„Alles klar mit den Kindern?"

Kindern? Bei Mia stellen sich alle Nackenhaare auf.

„Ja, Oma passt auf sie auf. Aber wir vermissen dich. Wann kannst du endlich kommen und mit uns den Urlaub genießen?"

„Nur noch zwei Tage, Schatz. Dann fahren wir nach Venedig zurück und ich nehme den ersten Flug zu dir."

Plötzlich verkeilen sich die Füße ineinander und das Rettungsboot schwankt bedenklich. Schmatzende Geräusche und heftiges Atmen sind zu hören. Mia wagt es nicht, Nina anzusehen. Das ist ja sogar für sie kaum auszuhalten.

Nach einer gefühlten Ewigkeit ordnen sich die Füße wieder. „Komm, schnell! Gehen wir in meine Kabine! Wir haben einiges nachzuholen", brummt Dave und die beiden verschwinden Richtung Aufzug.

„Es tut mir so leid …", flüstert Mia fast tonlos.

Ninas Gesichtszüge sind wie versteinert. „Sag nichts. Sag einfach nichts." Sie hebt die Hand.

Schweigend sitzen sie im Dunklen unter dem Gummiboot. Nach ein paar Minuten kriecht Nina wortlos unter dem Boot hervor und Mia beeilt sich, ihr zu folgen.

Mit hängendem Kopf steht Mia neben Nina am Aufzug. „Ich wusste das nicht. Ehrlich!" Ihre Stimme bricht. *In was für eine Scheiße hast du mich da reingeritten?*

„Aber du hast es mir eigentlich gesagt, richtig?" Ihre Stimme klingt emotionslos. „Meine Mutter hat recht. Ich bin einfach zu dumm für diese Welt", stößt sie bitter hervor und betritt den Aufzug.

„Was redest du denn da? Du bist nicht dumm! Dieser Dave ist dumm. ER hat dich verarscht, nicht umgekehrt. Da kannst du doch nichts dafür!" Verzweifelt folgt ihr Mia und die Türen schließen sich. „Das konntest du doch nicht wissen. Nina, bitte!" Mia fängt fast an zu heulen.

„Aber du wusstest es. Warum? Warum merke ich das nie? Hm?" Plötzlich sprudeln die aufgestauten Emotionen nur so aus Nina heraus. Tränen laufen ihr über die Wangen. „Weil ich so unendlich dumm bin!", schreit sie und schlägt sich die Hände vor das Gesicht.

Die Fahrstuhltüren gleiten auf und Nina läuft plötzlich los, den Flur hinunter in Richtung Zimmer. „Nina! Warte doch!"

Da tritt Rosalia aus einer Abstellkammer auf den Flur und sieht Nina mit großen Augen hinterher.

„Was passiere Miss? Warum Freundin so Schmerz in Gesicht?"

Mia geht mit hängenden Schultern den Gang entlang. „Ach, sie hat gerade herausgefunden, dass dieser Schleimscheißer Dave Kers ein Fremdgeher und Betrüger ist!", macht Mia ihrer Wut Luft.

„Ich weiß nix was Schleimescheiße, aber dieser Mann schon viele Frau hat gebracht die Träne.“ Sie nickt. „Diese Frau Glück hat, weil Sie so gute Mensch.“

Oh ja. Ich bin ja so ein guter Mensch! Weil ich sie dazu gebracht habe, sich unter einem Boot zu verstecken und sich das anzuschauen. Ich habe sie zum Schafott geführt! „Gute Nacht, Rosalia!“, sagt Mia und klopft leise an die Zimmertür. Als sie keine Antwort bekommt, öffnet sie zaghaft die Tür.

Nur das Licht aus dem Flur fällt ins Zimmer und Mia sieht Nina auf dem Bett liegen, die Decke über den Kopf gezogen. „Ich will heute nicht reden, okay?“ Sie schluchzt so heftig, dass das ganze Bett wackelt.

„Ist okay“, antwortet Mia leise. Sie schließt die Tür und tastet sich im Dunklen zum Bad, um sich bettfertig zu machen. Auch ihr laufen ein paar Tränen hinunter. Nina tut ihr so leid! Und irgendwie fühlt sie sich schuldig.

Als sie die Zähne geputzt und die Linsen aus den Augen genommen hat, schleicht sie sich zurück ins Zimmer und schlüpft vorsichtig neben Nina ins Bett. Erst zögert sie, doch dann legt sie ihre Hand auf Ninas Arm und Nina lässt es zu.

Mädchentag

Als Mia erwacht, dreht sie sich vorsichtig um. Nina schläft noch. Leise schiebt sie sich aus dem Bett, um im Bad zu verschwinden. Ninas Stimme hält sie an der Tür auf.

„Das war gestern kein Traum, oder?“

Mia dreht sich um und presst die Lippen aufeinander. „Leider nein.“

Ninas Gesicht ist aufgequollen und die Augen stark gerötet. Sie legt sich den Arm über ihr Gesicht. „Au Mann. Ich fühle mich wie gerädert. Als ob ich einen Kater hätte.“

Mia kriecht zurück ins Bett. „Du siehst auch nicht so frisch aus. Vielleicht tut dir eine Dusche gut?“, schlägt sie vorsichtig vor.

„Hmm. Aber zuerst sag mir bitte, was genau dir die Nummer 99 gestern geschrieben hat.“

Mia denkt kurz nach. „Er hat mich gebeten, mich um zehn dort unter dem Boot zu verstecken. Und ich sollte dich mitnehmen. Er meinte, es sei wichtig.“

„Aber woher er das wusste, das hat er nicht geschrieben?“

„Nein.“

„Und du hast ihn nicht danach gefragt?“

„Gestern ist so viel passiert und irgendwie … Also ich habe ihm seitdem gar nichts mehr geschrieben.“ Mia zuckt mit den

Schultern. „Vielleicht hat er es einfach nur mitbekommen. Keine Ahnung."

„Würdest du ihn bitte fragen?" Ninas Augen füllen sich wieder mit Tränen.

„Klar. Mach ich." Mia streichelt kurz Ninas Schulter, dann holt sie sich ihren Pager und tippt. »An 99: Woher wusstest du, dass seine Frau an Bord kommt?«

Sie legt sich wieder zu Nina ins Bett, während sie auf eine Antwort wartet. Es dauert nicht lange, da brummt der Pager.

»Von 99: Ich habe das so am Rande mitbekommen, als sie sich darüber unterhalten haben. Hat sie es gut weggesteckt?«

»An 99: Klar, sie ist dir super dankbar und wir haben den ganzen Abend noch wild gefeiert.«

»Von 99: Echt?!«

»An 99: Natürlich nicht! Sie hat sich die ganze Nacht die Augen aus dem Kopf geheult! Hättest du mich nicht wenigstens vorwarnen können? Weißt du, wie unglaublich beschissen die Situation war???«

»Von 99: So rosarotbebrillt, wie sie diesem Dave hinterhergelaufen ist, da habe ich mich für die Hammer-Methode entschieden. Jetzt sieht sie zumindest wieder klar. Tut mir leid, wenn sie so traurig ist, aber es ist besser so. Ich muss jetzt los.«

Wütend wirft Mia ihren Pager zur Seite. „Er hat es irgendwie bei einem Gespräch mitbekommen. Sagt er zumindest."

„Oder er gehört dazu", brummt Nina.

„Zur Crew? Das glaub ich nicht, aber wer weiß. Ich habe ja nicht mal eine Ahnung, wer er ist.“ Mia seufzt. „Gehen wir dann frühstücken, wenn du geduscht hast?“

„Ich habe keinen Hunger, aber geh du nur.“ Nina schiebt sich aus dem Bett und verschwindet schlurfend im Bad.

Mia stellt sich an den Eingang zur Küche und wartet, dass jemand sie bemerkt. Aber offenbar hat die Frühstückscrew ein Päuschen eingelegt. „Entschuldigung“, ruft sie in die angelehnte Tür hinein.

Eine Küchenhilfe erscheint und öffnet die Tür einen Spalt. „Ja, bitte?“

„Meiner Freundin geht es nicht so gut und ich würde ihr gerne das Frühstück aufs Zimmer bringen. Geht das?“

Die Küchenhilfe zieht kurz die Augenbrauen hoch und nickt dann aber. „Die Putzfrau wird das Tablett wieder mitnehmen.“

„Dankeschön!“

Mia nimmt einfach von allem etwas mit und balanciert dann das Frühstück aus dem Restaurant. Gar nicht so leicht, den Aufzugknopf mit dem Ellenbogen zu erwischen. Mia wählt dabei aus Versehen gleich mehrere Stockwerke. Gut, dann dauert die Fahrt eben etwas länger.

Auf Ebene zwei steigt sie aus und geht den Flur entlang zum Zimmer.

Vor der Tür bleibt sie unschlüssig stehen. Irgendetwas hindert sie daran, das Tablett auf dem Boden abzustellen. *Wer weiß, was da für Dreck rumwuselt.* Also entscheidet sie sich für den Fuß. Mit der Fußspitze tritt sie zweimal gegen die Türe.

„Wer ist da?“, erklingt Ninas Stimme von innen.

„Zimmerservice!“, flötet Mia.

„Nein danke. Brauchen wir heute nicht“, kommt prompt die Antwort.

„Ich bin’s, Mia. Mach auf!“

Die Tür öffnet sich und Mia muss sie mit dem Fuß ganz aufstoßen, denn Nina ist bereits wieder im Bett verschwunden.

Mia stellt das Tablett auf den kleinen Tisch und setzt sich zu Nina ans Bett. „Ich habe dir was zum Essen mitgebracht. Frühstückst du mit mir?“

„Ich habe keinen Hunger“, murmelt Nina ins Kopfkissen.

Seufzend steht Mia auf und holt das Tablett. Sie setzt sich auf ihre Bettseite und beginnt, sich eine Semmel aufzuschneiden. „Ein bisschen wenigstens? Mir zuliebe?“

Nina dreht sich langsam zu Mia um. „Dir zuliebe. Okay. Aber nur ein bisschen.“

Mia lächelt zufrieden.

Aus dem bisschen wird doch eine ganze Semmel.

„Jetzt geht es mir echt ein wenig besser.“ Nina seufzt leise. „Es tut mir leid wegen gestern. Ich hab dich total angeschnauzt und dabei kannst du ja am allerwenigsten dafür.“

„Trotzdem fühle ich mich schuldig.“ Mia sieht betreten auf die Bettdecke.

„Du hast nichts Falsches getan. Ich war nur so wütend auf mich selbst, weißt du? Du hast es mir versucht zu sagen und ich wollte es nicht hören. Ich …“ Ihre Stimme wird leiser. „…

ich … Es ist meine Schuld. Ich bin einfach so blöd!“ Und wieder kullern Tränen ihre Wange hinunter.

„Hör mal auf, dich andauernd als ‚blöd‘ zu bezeichnen! Das macht mich ganz wütend!“ Mia beugt sich nach vorn und nimmt Nina fest in den Arm. „Du bist toll und dieser dämliche Dave hat dich gar nicht verdient!“

„Aber warum falle ich immer wieder auf solche Typen rein, hm?“ Sie schluchzt.

„Ich bin ja keine Psychologin und selbst bekomm ich das mit Beziehungen auch nicht auf die Reihe, aber solche Kerle wissen genau, wann sie was sagen müssen. Er drückt die richtigen Knöpfe und du springst darauf an.“ Mia seufzt. „Du hast gestern was gesagt …“, tastet sich Mia vorsichtig vor, „… dass deine Mutter auch immer gemeint hätte, dass du blöd bist. Das … Das fand ich echt hart!“

Nina wischt sich mit dem Handrücken über das Gesicht. „Seit ich klein bin. Immer wieder. Weißt du, ich habe zwei ältere Schwestern. Beide haben Abitur, haben studiert, sind mittlerweile verheiratet und Melli, die Älteste, hat sogar schon zwei Kinder. Und ich?“ Sie hebt hilflos die Schultern. „Ich habe mit Ach und Krach die mittlere Reife bestanden, meine erste Lehre abgebrochen und war nur mit Männern zusammen, mit denen meine Familie gar nicht einverstanden war.“

„Und dein Vater?“

„Von dem weiß ich nichts. Der hat sich aus dem Staub gemacht, als ich vier war. Ich kann mich kaum an ihn erinnern.“ Sie senkt den Kopf. „Ich konnte es einfach nie jemandem recht machen. Und mit meinen Schwestern mithalten schon gar nicht.“

„Verstehst du dich denn wenigstens mit deinen Schwestern?"

„Wir telefonieren manchmal. Aber ich habe nicht viel zu erzählen. Nichts, worauf sie stolz sein könnten. Ich telefonier nicht so gerne mit ihnen. Danach fühle ich mich meistens schlecht." Sie schnieft.

„Aber du machst doch gerade die Umschulung? Du packst dein Leben doch an? Und du bist gut! Ich wurde mal für eine Hochzeit geschminkt, nicht für meine …" Mia lächelt schief „… von einer Profi-Visagistin. Und danach sah ich aus wie eine Frau aus einem russischen Katalog! Du hast mich so toll hergerichtet – so gut habe ich noch nie ausgesehen! Du hast echt Talent!"

„Danke", antwortet Nina leise und zieht die Nase hoch.

„Ganz ehrlich. Bildung hat doch nichts mit dem Wert eines Menschen zu tun. Und ich wette mit dir, hinter den Kulissen sieht es bei deinen Schwestern auch ganz anders aus."

„Meinst du?"

„Da bin ich mir sogar sicher. Wenn ihr kein so gutes Verhältnis habt, dann werden sie dir kaum von ihren Problemen erzählen. Das wäre ja dann so, wie eine Schwäche einzugestehen. Und so wie sich das anhört, warst du immer diejenige, an der deine Familie ihren Frust abgeladen hat. Ginge es deiner Familie nämlich gut, dann würden sie nicht so gemeine Dinge zu dir sagen, sondern dich unterstützen." Mia nickt bestimmt.

„So habe ich das noch nie gesehen." Nina atmet tief durch.

„Du musst dich verändern, dann änderst du auch deinen Männertyp."

„Und wie soll das gehen?“

„Das machst du doch gerade. Du hast etwas gefunden, was dir Spaß macht. Und du hast Talent. Also häng dich in diese Ausbildung und ich bin mir sicher, dass du Erfolg haben wirst. Glaub an dich! Du bist ein so liebenswerter Mensch …“

Plötzlich schrillt das Zimmertelefon und beide Frauen zucken zusammen. Mia fängt sich als Erste und nimmt den Hörer ab.

„Guten Morgen, Frau Siebel von der Rezeption. Sie hatten sich für den Ausflug nach Mykonos eingetragen, sind aber nicht erschienen. Die Reisegruppe wartet auf Sie.“

Mist. Total vergessen. „Oh, äh, das tut mir leid. Ich, äh, mir geht es nicht so gut. Frau Pracht und ich haben uns entschieden, auf dem Zimmer zu bleiben. Ich habe vergessen abzusagen, entschuldigen Sie bitte!“

„Kein Problem. Dann gebe ich der Gruppe Bescheid, dass Sie nicht kommen. Gute Besserung!“

„Ja, äh, danke.“ Mia legt den Hörer auf.

„Wer war das?“, fragt Nina irritiert.

„Eine Frau von der Rezeption. Ich habe uns in der Liste für den Ausflug heute eingetragen und das total vergessen.“ Mia schüttelt über sich selbst den Kopf.

„Und jetzt gehst du wegen mir nicht mit?“ Ninas Augen füllen sich wieder mit Tränen. „Ich versau dir ja den ganzen Urlaub!“

„Ich hatte eh keine Lust, ehrlich!“, beeilt sich Mia zu sagen, aber Ninas Tränen sind nicht mehr aufzuhalten. „Draußen hat es bestimmt schon 40°, wer will denn da eine Stadt besichtigen?“ Sie rückt zu Nina und legt den Arm um sie. „Wir machen uns hier einen gemütlichen Mädelstag, ja?“

Nina nickt kaum merklich. „Ich hol mir schnell Klopapier. Ich muss schnäuzen.“

Vendetta

Mia und Nina verbringen den ganzen Vormittag im Bett. Nina weint zwar immer wieder, aber insgesamt macht sie einen stabileren Eindruck als noch am Morgen.

„Mit dir zu reden tut echt gut.“ Nina lächelt ein wenig und sieht Mia dankbar an. „Mir geht’s echt schon etwas besser.“

Es klopft an der Tür, und noch bevor sie etwas sagen können, öffnet sich diese und Rosalia schiebt den Putzwagen in den Raum. Als sie die beiden Frauen auf dem Bett erblickt, bleibt sie abrupt stehen. „Oh, entschuldige Sie, Misses, ich nicht gedacht Sie sind auf Zimmer!“ Sie zieht den Wagen zurück.

„Sie können gerne reinkommen, es stört uns nicht“, erwidert Mia. „Wir bleiben heute auf dem Zimmer.“

Rosalia wirft einen kurzen Blick auf Ninas verquollenes Gesicht und strafft den Rücken, dann schiebt sie den Wagen wieder in die Zimmermitte. Sie holt sich einen Lappen und eine Sprühflasche und verschwindet im Bad. Die Tür lässt sie dabei einen Spalt weit offen stehen.

„Ich habe übrigens Dave gestern Mittag gefragt, ob er für mich rausfinden kann, wer die Nummer 99 ist. Aber er meinte, dass das verboten ist und er keine Informationen rausgeben darf.“ Nina verdreht die Augen. „Hätte ich gestern Mittag schon gewusst, was für ein riesen Arsch er ist, hätte ich ihm in seinen Champagner gepinkelt!“ Nina zieht die Decke in ihrer Hand zusammen und ballt eine Faust. „Oder ihm Pfeffer auf seinen Stängel gerieben.“ Sie grinst teuflisch und Mia muss lachen.

„Also mit dir möchte ich mich nicht anlegen.“

„Wahrscheinlich hat er die ganze Nacht seine Frau gevögelt!“ Nina lässt die Decke los und boxt auf die Matratze. „Der Schwanz soll ihm abfallen!“

Die beiden haben nicht bemerkt, dass Rosalia mittlerweile den Raum betreten hat und gerade dabei ist, den kleinen Beistelltisch abzuwischen. „Vielleicht interessiere die Misses, dass Mister Kers gestern Nacht war bei die Schiffsdoktor.“ Ohne die beiden anzusehen, beginnt sie nun, die Bilder an der Wand abzustauben.

„Was hatte er denn?“, fragt Mia vorsichtig.

„Oh, hatte Probleme mit die Bauch“, antwortet sie ungerührt und macht sich am nächsten Bild zu schaffen.

„Waren Sie das?“, platzt es aus Mia heraus.

Mitten in der Bewegung hält Rosalia inne. Dann dreht sie sich langsam mit einem freundlichen Lächeln zu Mia und Nina um. „Nein. Hatte gegessen irgendwas schlechte. Ich nix schuld. Rosalia nur da fur die Putze.“ Sie wedelt noch zweimal über das Bild, packt seelenruhig ihre Sachen auf den Wagen, öffnet die Tür und schiebt den Wagen hinaus. Kurz bevor sie die Tür schließt, zwinkert sie Mia noch einmal zu.

Mia sitzt mit offenem Mund auf dem Bett und starrt auf die geschlossene Tür. „Sie war das! Ganz bestimmt!“

„Du meinst, sie hat Dave irgendwas gegeben und er ist deswegen krank geworden?“ Nina sieht sie skeptisch an. „Abführmittel oder so?“

„Jajaja! Irgendwie mag sie uns und sie hat dich gestern Abend weinend den Flur entlang laufen sehen! Ich habe ihr daraufhin kurz geschildert, was Dave getan hat.“ Mia blinzelt. „Ich glaube wirklich, dass sie dich gerächt hat. Vendetta.“

Nina fängt an zu lachen. „Dann hat er bekommen, was er verdient. Zumindest einen kleinen Teil.“

Und ich habe mir ihre Creme ins Gesicht geschmiert. Pfuhhh. Bloß gut, dass sie mich mag.

Das Wissen, dass Dave die Nacht auf der Toilette verbracht hat, gibt Nina neuen Auftrieb. Sie weigert sich zwar, zum Abendessen zu gehen, da man ihr das viele Weinen immer noch ansehen kann, aber die Endzeitstimmung ist verflogen.

Sie bestellen sich einfach Pizza auf das Zimmer und machen es sich gemütlich. Danach sehen sie noch etwas fern und gehen früh schlafen.

„Der Tag heute mit dir hat mir gut getan“, flüstert Nina ins Dunkle hinein.

„Du bist echt toll und ich bin froh, dass wir uns kennengelernt haben.“ Mia drückt ihre Hand. „Und weißt du was? Freundschaften sind eh viel beständiger als Partnerschaften. Haben wir ein Glück.“ Beide kichern.

Seepferdchen

Als Mia aufwacht, lächelt ihr Nina schon entgegen. „Morgen, Schlafmütze."

„Morgen", murmelt Mia verschlafen in ihr Kopfkissen. „Bist du schon lange wach?" Sie reibt sich die Augen.

„Ja. Und ich habe über gestern nachgedacht."

„Und?", fragt Mia vorsichtig, da sie keinen erneuten Sturzbach an Tränen heraufbeschwören will.

Nina rollt sich auf den Rücken und zieht sich die Decke bis zum Kinn. „Du hast recht. Ich muss an mir arbeiten. Mich auf die Ausbildung konzentrieren und loslegen. Und erst wenn ich von mir selbst behaupten kann, dass ich mich und mein Leben mag und stolz auf mich bin, erst dann werde ich wieder einen Mann anschauen." Sie nickt so heftig, dass das Bett wackelt.

„Ich bin schon stolz auf dich", lächelt Mia.

„Vielleicht ist es meine Familie auch irgendwann", sie seufzt traurig. Dann stößt sie mit Schwung die Decke von sich und springt aus dem Bett. „Auf geht's! Gehen wir frühstücken! Heute ist unser letzter Tag!" Sie zieht der maulenden Mia die Decke weg und hüpft lachend ins Bad.

Staunend beobachtet Mia, wie zwei Semmeln, ein großes Omelette und ein Obstsalat in der zierlichen Nina verschwinden.

„Sag mal, was hast du in der Nacht gemacht? Ist dir jetzt nicht schlecht?“

„Denken macht hungrig!“, lacht Nina und schiebt sich noch ein Stück Croissant hinterher.

„Dann denke ich lieber nicht. Das Essen war hier echt gut“, meint Mia und quetscht mit einem Anflug an schlechtem Gewissen ihren kleinen Rettungsring um die Hüfte. „Ich hol mir noch einen Kaffee.“

Sie stellt sich in die Schlange, die sich an dem Kaffeeautomaten gebildet hat.

„Hey Dave, geht es dir besser?“, hört sie plötzlich hinter sich und sieht über ihre Schulter. Da kommt ein ziemlich blasser Dave angeschlurft und stellt sich tatsächlich hinter Mia in die Reihe.

„Geht langsam wieder aufwärts!“, ruft er zu einem Tisch und hebt den Daumen.

Ihr wird ganz heiß und ihr Puls beschleunigt sich. Sie rückt etwas vor und nimmt sich eine Tasse.

Dave tippt ihr auf die Schulter. „Hey, bist du nicht die Freundin von Nina?“

Mia zuckt zusammen und das Blut schießt ihr ins Gesicht. Ganz langsam dreht sie sich zu ihm um. „Ja, die bin ich“, antwortet sie gedehnt.

Dave hat Augenringe bis zum Kinn. „Hey, dann sag ihr liebe Grüße, vielleicht sehen wir uns ja heute Abend. Mir ging es …“

„Das glaube ich nicht. Und wenn du schlau bist, machst du einen großen Bogen um uns“, unterbricht sie ihn und ihre Stimme klingt bedrohlich ruhig.

„Mit was für einem Fuß bist du denn aufgestanden …“, beginnt er, doch er kommt nicht weit.

„Ich habe mittlerweile echt jede Menge von der Crew hier kennengelernt, und wenn du noch einmal hier auf dem Schiff rumhurst, dann erfahre ich das. Und dann schreibe ich deiner Frau einen netten Brief.“ *Stimmt zwar nicht, weißt du aber nicht. Arsch.*

Seine Augen werden groß wie die Unterteller der Kaffeetassen und er schluckt. „Was soll denn das, ich meine … da war doch nichts …“, versucht er sich stotternd rauszureden.

„Du hast mich ganz genau verstanden!“, zischt Mia wütend. „Und lass Nina in Ruhe! Du hast genug angerichtet!“ Der gestrige Abend läuft erneut vor ihrem inneren Auge ab – die am Boden zerstörte Nina, wie sie weint und sich selbst die Schuld gibt – und Mias Wut wächst. „Der Schwanz soll dir abfallen!“, platzt es aus ihr heraus. Sie knallt die Tasse wieder auf den Tisch und rauscht mit hochrotem Kopf davon.

„Was ist denn mit dir passiert? Du kochst ja!“ Erschrocken sieht Nina Mia an, die hinter ihrem Stuhl stehen geblieben ist und ihre Hände in die Lehne krallt.

„Nichts Bedeutendes. Können wir gehen?“ Sie schnauft heftig, die Wut ist noch nicht annähernd verraucht.

„Okay.“ Nina beeilt sich, ihre Sachen zusammenzupacken, und folgt Mia, die bereits Richtung Ausgang marschiert.

„Was war denn los?“ Nina versucht, mit Mia Schritt zu halten.

„Ich habe nur einen Vollidioten getroffen und etwas Dampf abgelassen. Hat gut getan.“ Je mehr Abstand sie zwischen sich und Dave bringt, desto ruhiger wird sie. „Alles gut“, beschwichtigt sie Nina. „Holen wir unsere Sachen und gehen an den Pool. Hopphopp! Letzter Tag und so …“, sie wippt mit den Augenbrauen.

Das Wetter ist traumhaft. Mia und Nina liegen entspannt auf ihren Liegen und lassen sich von den Sonnenstrahlen wärmen. „So sollte Urlaub sein“, schmatzt Nina zufrieden.

„Morgen ist es vorbei“, antwortet Mia mit Wehmut in der Stimme. Der Urlaub hätte gern ein paar Tage länger dauern dürfen. „Wann laufen wir in Venedig ein?“

„So ungefähr um elf Uhr.“ Nina dreht sich auf den Rücken und stellt das Rückenteil ihrer Liege höher. „Hat sich eigentlich Nummer 99 wieder bei dir gemeldet?“

„Nein. Funkstille.“ Mia setzt sich auch auf. „Und so langsam weiß ich auch gar nicht mehr, ob ich ihm schreiben soll. Ich meine, was soll denn das? Schreibt so nette Dinge wie ‚du siehst fantastisch aus‘, aber geht mir aus dem Weg.“ Sie zupft Fusseln von ihrem Handtuch und schnipst sie auf den Fliesenboden.

„Vielleicht ist er einfach unattraktiv und will dich deswegen nicht treffen.“ Nina neigt den Kopf. „Wenn du dir deinen Traummann basteln dürftest, wie müsste der aussehen?“

Mia überlegt. „Groß, blond, muskulös aber nicht komplett aufgeblasen, schöne Zähne, humorvoll, intelligent, dunkle Stimme …“, sie tippt sich sinnierend an die Lippe.

„Lange Liste … aber Geld wäre auch nicht schlecht, oder?“ Nina lacht.

„Das darf er auch haben, ist aber kein unbedingtes Muss.“ Mia grinst.

„Gut. Dann gib mir bitte deinen Pager.“

„Warum?“ Mia rührt sich nicht.

„Vertrau mir einfach!“ Nina streckt ihr die offene Hand entgegen.

Widerwillig zieht Mia den Pager aus der Tasche und reicht ihn Nina. „Und was hast du jetzt vor?“

„Für Klarheit sorgen.“ Sie legt ihre Zunge im Mundwinkel ab und beginnt zu tippen. »An 99: Also, wenn du gut gebaut, groß, blond bist und nicht arm wie eine Kirchenmaus bist, dann komm heute Abend an die große Hauptbar. Um Mitternacht warte ich da auf dich. Das ist deine letzte Chance.«

Sie drückt auf Senden und reicht Mia den Pager. „So. Und wenn er heute nicht auftaucht, dann weißt du, was die Stunde geschlagen hat.“

Mia liest den Text und steckt den Pager mit einem unguten Gefühl zurück in ihre Handtasche. „Ich weiß nicht. Ob ihn das nicht abschreckt?“

„Mia, ganz ehrlich: Das ist der letzte Abend hier auf dem Schiff. Wenn er heute nicht auftaucht, ist er entweder gar nicht wirklich an dir interessiert, oder er ist echt hässlich.“

„Hmm“, brummt Mia wenig überzeugt.

„Hättest du denn noch so großes Interesse an ihm, wenn er 200 Kilo wiegen würde und eine Platte hätte?“ Nina zieht fragend die Augenbrauen hoch und verschränkt die Arme.

„Wohl nicht“, gibt Mia kleinlaut zu. Es klingt oberflächlich und irgendwie falsch, doch Nina hat recht. Wenn man den anderen nicht attraktiv findet, dann fehlt einfach ein wichtiger Teil.

„Siehst du, das Auge isst einfach mit. Das ist so. Und wenn Nummer 99 einen Arsch in der Hose hat, dann kommt er heute.“ Sie nickt zuversichtlich und setzt sich die Sonnenbrille auf die Nase.

Mia greift in ihre Handtasche und schielt auf den Pager. Keine Nachricht.

Beide sind eingedöst, als laute Musik ertönt und eine Stimme über den Pool hallt. Aber es ist nicht Dave, der etwas anzukündigen hat, sondern der Moderator von den Abendveranstaltungen.

Braver Dave. Die Drohung hat wohl doch gezogen. *Oder er hat ein Rückfall erlitten und sitzt wieder auf der Toilette. Beides gut.*

Der Moderator sucht Freiwillige – dieses Mal für Ritterkämpfe im Wasser.

Mia legt ihre Hand auf Ninas Arm. „Denk nicht mal dran!“

Lachend befreit sich Nina und schiebt die Sonnenbrille auf den Kopf. „Keine Angst. Ich will nur zusehen. Das wird bestimmt lustig!“

Die beiden rücken ihre Sonnenliegen in eine gute Position und beobachten, wie sich die Teams bilden. Jeweils ein Mann und eine Frau finden sich zusammen und stellen sich auf.

„Ist das nicht diese Yvonne?“

„Ja, ist sie. Die macht wohl jeden Scheiß mit.“ Mia verdreht die Augen.

Insgesamt gibt es acht Paare, die gegeneinander antreten. Die Regeln sind denkbar einfach: Der Mann nimmt die Frau im Wasser auf seine Schultern und ist sozusagen das Pferd. Die Frau muss dann im Kampf ihre Gegnerin von den Schultern ihres Teampartners ziehen oder schubsen und ins Wasser stoßen. Es gibt also vier Anfangskämpfe. Die Gewinner aus der ersten Partie treten dann gegeneinander an und so weiter. Den Gewinnern winkt immerhin eine Magnum-Champagnerflasche.

Die Teams gehen ins Wasser und stellen sich auf. Nur ein Team hat Schwierigkeiten, überhaupt die Anfangsposition zu halten. Der Mann ist sehr groß und dünn, somit hat er viel Gewicht über der Wasseroberfläche zu tragen, was ihm sichtlich schwerfällt. Kaum versucht er einen Schritt zu machen, fängt die Frau auf seinen Schultern an zu wackeln und stürzt ins Wasser.

Nina kichert. „Ich wette, die fliegen in der ersten Runde raus.“

Als die beiden es endlich geschafft haben, sich aufzustellen, ertönt das Startsignal. Ein wildes Gerangel beginnt, und die Leute um den Pool feuern die Kämpfer mit Rufen und Pfiffen an.

Gerade das Paar, das am instabilsten gewirkt hat, gewinnt die erste Runde. Da die Frau unkontrolliert nach vorne kippt, reißt sie ihre Kontrahentin mit und diese stürzt zuerst ins Wasser.

Yvonne ist mit ihrem Partner auch eine Runde weiter und nimmt wieder die Startposition ein.

„Sag mal, die hat doch gemachte Brüste, oder?“ Nina beugt sich nach vorn. „Solche Ballons hat doch kein normaler Mensch.“

Mia wirft einen Blick auf Yvonnes Oberweite, die von zwei kleinen Dreiecken mehr oder weniger gut gehalten wird. „Die sind bestimmt nicht echt.“

Das Signal ertönt und Yvonne stürzt sich mit einem Aufschrei auf die Gegnerin.

„Eine richtige Kampfamazone“, kichert Nina. „Gleich haut sie die andere mit den Bällen von den Schultern.“

Doch die andere Frau wehrt sich heftig. Mitten im Kampf bekommt sie Yvonnes Bikini zu fassen und reißt daran. Die Ballons schnuppern Frischluft, doch entweder bemerkt sie es nicht, oder es stört Yvonne schlichtweg nicht. Das Publikum johlt und jubelt.

Mia wendet sich ab. „Heute Nacht bekomm ich Albträume.“

Schließlich schafft es Yvonne, die Gegnerin von den Schultern zu stoßen. Sie reißt die Arme nach oben und ihre Brüste jubeln mit. Erst nach ein paar Minuten senkt sie ihren Blick und richtet seelenruhig ihren Bikini.

Und dann startet der Endkampf. Yvonne scheint ihrem Pferd noch Anweisungen zu geben, jedenfalls redet sie ziemlich intensiv auf ihn ein.

Das Signal ertönt und das Publikum feuert die Teams an.

„Hat ein bisschen was von Zickenkrieg …“, meint Nina und in dem Moment geraten die Frauen ins Schwanken. Die Gesichter beider Männer sind gerötet und verzerrt, aber auch die der Damen sehen nicht besser aus. Yvonne versetzt der Gegnerin plötzlich einen heftigen Stoß, packt dann den Arm der Kontrahentin und reißt ihn brutal in die andere Richtung. Mit einem Aufschrei stürzt sie ins Wasser. Das Publikum jubelt.

Bei der Siegerehrung beschwert sich ihre Gegnerin und zeigt auf Arme und ihren Hals, wahrscheinlich hat Yvonne sie verletzt. Sie redet auf den Moderator ein, der sich ziemlich unwohl fühlt. Yvonne hingegen sieht gar nicht mehr hin, sondern lässt sich feiern. Strahlend hält sie mit ihrem Partner zusammen die riesige Champagnerflasche in die Höhe.

„Wenn der Affenzirkus hier vorbei ist, gehen wir dann schwimmen?“, fragt Mia.

„Gern.“

Mia wirft wieder einen heimlichen Blick auf ihren Pager. Keine Nachricht.

Der letzte Nachmittag im Pool ist herrlich. Sie albert mit Nina herum, die Sonne strahlt und schöner könnte der letzte Tag nicht sein. *Fast.*

Seufzend liegt Mia auf der Liege und lässt sich von der Sonne trocknen. „Das war unser letzter gemeinsamer Nachmittag hier am Pool. Mann, der Urlaub könnte echt noch etwas länger dauern.“

„Ich will ja kein Spielverderber sein, aber wir sollten langsam zurück aufs Zimmer. Die Abendveranstaltung beginnt heute um 19 Uhr, und wenn wir davor noch duschen und uns fertig machen wollen …"

„Poh. Du bist echt eine Stimmungsbremse. Aber gut …" Mia seufzt theatralisch. „Dann trocknen wir jetzt noch und dann gehen wir. Okay?"

Zurück im Zimmer legen sich beide nach dem Duschen ihre Lieblingsoutfits aufs Bett und beratschlagen, was wer anziehen soll. Mit Handtuchturbanen auf dem Kopf und stehen beide vor ihrer Auswahl und überlegen.

„Du solltest das da anziehen. Das passt perfekt zu deinen blauen Augen und zu deiner braunen Haut." Nina zeigt auf ein hellblaues, eng anliegendes Shirt mit kleinen Stickereien rund um den Ausschnitt. „Und dazu den weißen Glockenrock."

Mia nickt zustimmend. „Und du das da", sie schnappt sich einen olivfarbenen Jumpsuit. „Mit … warte …", Mia läuft ins Bad und kramt eine Kette aus ihrem Kulturbeutel, „… mit der hier." Sie hält Nina die Kette an den Hals und nickt. „Die passt perfekt."

Die Kette besteht aus großen, ovalen, goldenen Kettengliedern. „Die ist echt schön, danke!"

„Dann ziehen wir uns an und du beginnst dann gleich bei mir mit den Restaurationsarbeiten, ja?"

Nina lacht. „Mach ich. Huhhhh – aufgepasst, die Prinzessinnen auf ihrem letzten Ball!"

Eine halbe Stunde später verlassen die beiden ihr Zimmer. Arm in Arm schlendern sie zum Fahrstuhl. „Ich muss echt aufpassen, dass ich nicht zu heulen anfange!", Nina drückt den

Aufzugsknopf. „Das ist der letzte Abend mit dir, auf diesem Schiff …“ Sie blinzelt und schluckt.

„Reiß dich zusammen, geheult wird morgen. Den Abend heute haben wir noch Spaß, okay?“ Mia knufft Nina in die Seite und blinzelt selbst ein paar Mal.

„Heute Abend ist wieder Show-Programm. In fünf Minuten ist Einlass“, versucht sich Nina abzulenken und legte den Kopf in den Nacken. „Bleibt schön drin, sonst verschmiert ihr mein Make-up!“, befiehlt sie ihren Tränen.

„Wir setzten uns nicht in die erste Reihe! Mein Bedarf an Rampenlicht ist gedeckt.“

„Okay. Hat sich Nummer 99 gemeldet?“

„Nein.“

„Naja, vielleicht später!“ Nina klingt selbst wenig überzeugt.

„Egal wer oder was sich heute noch meldet – wir machen uns einen schönen Abend!“, bestimmt Mia.

Die Fahrstuhltür gleitet auf und die beiden schlendern zum Restaurant.

Resteessen oder Herzblatt für Arme

Mia und Nina suchen sich einen Tisch in den vorderen Reihen und setzen sich. Der Veranstalter hat sich noch mal ins Zeug gelegt und alle Tische mit Herzen dekoriert. Herzkerzen, Herzuntersetzer, selbst die Sitzkissen sind in Herzform.

„Bisschen arg übertrieben, hm?“, brummt Mia und schiebt sich das Kissen wieder unter ihren Po.

Der Saal füllt sich langsam und nach circa einer viertel Stunde wird das Licht im Raum gedimmt. Der Vorhang auf der Bühne gleitet auf und der Moderator tritt ins Scheinwerferlicht. „Willkommen zu eurem letzten Abend hier an Bord der MS-Love! Natürlich hoffen wir, dass auf dieser unvergesslichen Reise einige eurer einsamen Herzen zueinander gefunden haben.“

Einige Pfiffe aus dem Publikum ertönen.

„Aber natürlich gibt es auch einige, die bis jetzt keinen Erfolg hatten. Die ihre große Liebe schlichtweg noch nicht gefunden haben. Vielleicht sitzt sie gerade neben Ihnen, vielleicht aber auch nur einen Tisch hinter Ihnen …“, er macht eine Pause und tatsächlich drehen sich einige der Gäste um. „Wir wollen zumindest nichts unversucht lassen, Ihre Herzen zu verbinden, und deswegen starten wir diesen Abend mit einem Spiel! Ich bitte in der ersten Runde einen Mann auf die Bühne, der noch seine Herzdame sucht!“

Einige Hände schießen in die Höhe und der Moderator kneift die Augen zusammen, um sie besser sehen zu können. Er tritt an den Bühnenrand und lässt seinen Blick durch das Publikum schweifen. „Da, der junge Herr mit dem grünen Hemd! Kommen Sie doch bitte zu mir!“

Der Mann geht auf die Bühne und schüttelt dem Moderator die Hand.

„Sie tragen die Nummer sieben. Eine biblische Zahl. Und Sie haben bis jetzt noch keine Schmetterlinge im Bauch?“ Er hält ihm das Mikrofon unter die Nase.

„Äh, leider nein.“ Der junge Mann zuckt bedauernd mit den Schultern.

„Nun, das soll sich ändern!“ Er führt den Mann zu einem Stuhl, bittet ihn, sich darauf zu setzen, und verbindet ihm die Augen.

Während der Moderator wieder an den Bühnenrand tritt, wird neben den Mann eine Trennwand geschoben. Dahinter werden drei Stühle in einer Reihe aufgestellt und jeweils ein Mikrofon darauf gelegt.

„Herzblatt für Arme“, kichert Nina.

„Nun meine Damen. Ihr habt diesen jungen Herrn gesehen. Ich brauche jetzt drei Damen aus dem Publikum, die diesen Herrn dort gerne kennenlernen würden. Nicht schüchtern sein, meine Lieben, es ist der letzte Abend und damit vielleicht auch die letzte Chance.“

Diese Drohung zieht. Tatsächlich melden sich einige Frauen und der Moderator wählt drei völlig unterschiedliche Typen aus. Er führt sie zu den Stühlen und grinst dann schelmisch. „Damit niemand aus dem Publikum unserem

Herzblattkandidaten Zeichen geben kann, wird er seine Augenbinde das Spiel über leider anbehalten müssen."

Er stellt sich neben die Nummer sieben und legt eine Hand auf dessen Schulter. „Sie dürfen nun drei Fragen stellen. Eine an Kandidatin eins, eine an Kandidatin zwei und eine an Kandidatin Nummer drei. Und Sie dürfen jeder Kandidatin noch eine weitere Frage zu einer anderen Kandidatin stellen, die diese dann beantworten muss. Haben Sie alles verstanden?"

„Ich kann also Kandidatin drei bitten, Kandidatin zwei zu beschreiben?"

„Das könnten Sie zum Beispiel. Also wie ich sehe, haben Sie die Regeln verstanden. Dann dürfen Sie nun die erste Frage an Kandidatin eins richten."

Er hält das Mikrofon vor seinen Mund.

„Ähm … boah, das ist ganz schön schwierig! Also, dann: Welche drei Dinge würdest du auf eine einsame Insel mitnehmen?"

Mia beugt sich zu Nina. „Also nicht gerade kreativ die Frage."

„Aber er sieht ganz nett aus, finde ich. Und Kandidatin drei ist ziemlich hübsch."

Kandidatin eins, eine drahtige Frau, greift zum Mikrofon. „Ich würde Bücher mitnehmen, Spielkarten und dich natürlich!"

Mia verdreht die Augen, aber dem Publikum gefällt die Antwort.

„Und Kandidatin zwei, was würdest du mitnehmen?", wiederholt er seine Frage.

„Meine Familie, mein Handy und dich!“ Kandidatin zwei applaudiert sich selbst.

„Und du, Kandidatin drei?“

Sie lächelt erst einmal ins Publikum, dann dreht sie das Mikrofon zu ihrem Mund. „Ich würde Handschellen mitnehmen, Öl und dich …“

„Uhhh, eine heiße Kandidatin!“ Der Moderator wedelt mit seiner Hand und das Publikum tobt. Auch Nummer sieben rutscht unruhig auf seinem Stuhl hin und her.

„Und jetzt bitte die Frage zu einer anderen Kandidatin.“

„Kandidatin eins, beschreibe das Äußere von Kandidatin zwei!“

Kandidatin eins dreht sich zu ihrer Nachbarin um und beäugt diese von Kopf bis Fuß. „Also sie hat blonde Haare, eine gute Figur und ein nettes Lächeln.“

Kandidatin zwei klatscht wieder fleißig mit.

„Kandidatin zwei, und wie sieht Kandidatin drei aus?“

Nummer zwei dreht sich fast schüchtern zu Kandidatin drei, die sofort ihre Position wechselt und die Beine übereinanderschlägt. „Ziemlich hübsch würde ich sagen …“, sofort ertönen begeisterte Pfiffe, „… braune Haare, gute Figur …“ Sie schüttelt den Kopf, als gäbe es da nicht mehr viel zu sagen.

Nummer sieben wartet noch kurz, aber als Nummer zwei nicht weiterspricht, stellt er die Frage zu Kandidatin zwei nun an Kandidatin drei, die sich nach vorne beugt und sich dann zum Publikum wendet. „Das möchtest du nicht wissen …“, sagt sie trocken und schüttelt den Kopf.

Das Publikum feiert diese Antwort, nur Kandidatin eins sieht verkniffen drein.

Mia beugt sich erneut zu Nina und senkt die Stimme. „Die ist vielleicht ätzend, aber er nimmt die Drei, wetten?“

„Aber die Zwei finde ich besser!“

Der Moderator lächelt breit und nimmt Nummer sieben die Augenbinde ab. „Nun junger Mann, Sie haben sich entschieden, hoffe ich?“

Der Mann streicht sich die Haare aus der Stirn und nickt. „Die Nummer drei!“

Der Moderator tritt auf die andere Seite des Sichtschutzes und gibt den zwei nicht gewählten Frauen ein Zeichen, dass sie sich nun wieder setzen können. „Gut, dann bitte einen Applaus für Kandidatin ein und zwei!“ Kandidatin drei nimmt er an der Hand und stellt sie vor die Wand. „Wenn die Wand aufgeht, können Sie sich beide entscheiden, ob Sie gleich anschließend zu einem romantischen Dinner an Deck aufbrechen wollen, oder ob Sie sich für einen Gutschein über 50 Euro entscheiden, den Sie dann in unserer Shoppingmeile einlösen können.

„Sie nimmt den Gutschein, wetten?“, giftet Mia.

Die Trennwand gleitet auf und die beiden umarmen sich lächelnd. „Und?“ Der Moderator stellt sich zwischen sie. „Wie habt ihr euch entschieden?“ Er hält ihr zuerst das Mikrofon hin. „Für den Gutschein natürlich! Wir gehen zusammen shoppen!“

Nummer sieben lächelt tapfer, er hat eindeutig auf das Dinner, viel Alkohol und vielleicht etwas Gefummel gehofft.

Nachdem die beiden die Bühne verlassen haben, hebt der Moderator den Zeigefinger. „Keiner soll sagen, wir würden nicht alles versuchen. Oder, wir wären nicht fair.“ Er wackelt verneinend mit dem Finger und schnalzt mit der Zunge. „Deswegen das gleiche Spiel, nur andersrum. Ich bitte also nun die einsame Damenwelt, sich zu melden!“

„Machst du mit?“, fragt Nina flüsternd.

„Nein, danke!“ Mia verschränkt die Arme. „Das ist ja wie Resteessen.“

Der Moderator hat eine Dame gefunden und fordert sie nun auf, zu ihm zu kommen. Entsetzt erkennt Mia, dass es Steffi ist, die sich da gerade zwischen den Tischen vorbei zur Bühne schlängelt.

„Die kenn ich! Das ist die Zicke, mit der ich am ersten Abend am Tisch sitzen musste!“, schimpft Mia.

Steffi lässt sich die Augen verbinden und nimmt Platz. Danach wählt der Moderator drei Männer aus dem Publikum aus, die sich der Reihe nach auf die Stühle setzen. Mia nimmt gerade einen Schluck aus ihrem Glas, als ihr Nina einen so heftigen Stoß versetzt, dass ihr das Getränk über das Kinn schwappt. „Spinnst du?“ Mia nimmt eilig eine Serviette und versucht sich schnell abzuwischen, bevor das Getränk auf ihr Oberteil tropfen kann.

„Ich … ich glaub es nicht!“, stottert Nina. „Schau doch! Da sitzt die Nummer 99!“

Dinner for three

Mias Kopf schießt nach oben und fieberhaft sucht ihr Blick die Brust der Kandidaten ab. Und an dem Shirt des zweiten Kandidaten steckt tatsächlich das Herz mit der 99 darauf. Sie hebt den Blick und sieht sein Gesicht an. Er hat ein charmantes Lächeln, einen Drei-Tage-Bart und blondes, kurzgeschorenes Haar. Die Augenfarbe kann sie nicht erkennen, aber es ist definitiv ein attraktiver Mann. „Das gibt es nicht!“ Fassungslos starrt sie auf die Bühne und auch Nina sieht aus, als hätte sie einen Geist gesehen.

„Weißt du, was das heißt?“, fragt Nina aufgeregt. „Du weißt endlich, wie er aussieht, und kannst ihn dir gleich von der Bühne wegpflücken!“ Sie klatscht wie verrückt in die Hände, doch das geht Gott sei Dank in dem ganzen Applaus unter.

Steffi stellt irgendwelche Fragen, doch Mia ist gar nicht in der Lage, ihr zuzuhören. Nur als Nummer 99 spricht, hängt sie an seinen Lippen. Seine Antworten sind ziemlich langweilig, doch er gibt sich ja auch bestimmt keine Mühe. Warum sitzt er überhaupt da oben? Damit Mia ihn sehen kann?

Während Mia grübelt, muss sich Steffi nun für einen Kandidaten entscheiden. Theatralisch legt sie beide Hände an den Mund und macht ein verzweifeltes Gesicht. „Uh, das ist so schwer!“ Sie wirft einen gespielt verzweifelten Blick zum

Moderator, der ihr daraufhin Mut machend zunickt. „Ich … ich nehme den Kandidaten Nummer zwei!“

„Das geht nicht!“, entfährt es Mia.

Im Saal ist es mucksmäuschenstill und der Moderator sucht irritiert das Publikum nach der Ursache der Störung ab. „Also, wir sind hier ja nicht auf einer Hochzeit, und man kann hier auch kein Veto einlegen. Wer auch immer ein Problem mit diesem Paar hier hat, der soll das doch bitte später klären“, erklärt er väterlich.

Mia rutscht in ihrem Stuhl etwas tiefer und Nina legt ihr beruhigend die Hand auf den Arm. „Er ist doch gar nicht an der interessiert.“

Warum hat er sich dann hierfür gemeldet!?

Die Wand geht auf, die beiden umarmen sich und der Moderator stellt auch hier die Frage nach dem Preis.

Mia kneift die Augen zusammen. *Geh shoppen! Geh shoppen!*

„Ich würde gerne das Dinner nehmen. Und du?“ Steffi klimpert mit den Augen.

„Gern.“

Gern? Hallo? Mia setzt sich kerzengerade hin und krallt sich in die Stuhllehnen.

„Gut, dann werdet ihre beiden Turteltäubchen nun sofort zu einem romantischen Candle-Light-Dinner gebracht. Ihr verpasst zwar das weitere Programm, aber vielleicht macht ihr ja euer eigenes.“ Er zwinkert den beiden zu. „Applaus für unsere Turteltäubchen!“

Die beiden verlassen die Bühne und werden von einem Crewmitglied nach draußen begleitet.

„Warum tut er das?“, zischt Mia wütend.

„Keine Ahnung. Ich finde das auch seltsam. Vielleicht will er dich aus der Reserve locken?“

„Na dann …“ Mia steht auf.

„Wo gehst du denn hin?“

„Ich weiß, wo dieses Candle-Light-Gedönse stattfindet – also geh ich jetzt hin und frag ihn, was das soll.“ Mia schnappt sich ihre Tasche und stürmt hinaus, noch bevor Nina etwas erwidern kann.

Im Fahrstuhl nach oben scheint auch die Wut etagenweise mitzuwachsen. Als die Türen aufgleiten, ist Mias Herzschlag bereits in beiden Ohren deutlich zu hören. Sie sieht Steffi und Nummer 99, die sie irritiert anblicken. Im Stechschritt marschiert sie zum Tisch und baut sich vor Nummer 99 auf. „Kannst du mir mal verraten, was das hier wird?“

Nummer 99 lehnt sich zurück und zieht überrascht die Augenbrauen hoch. „Kennen wir uns?“

„Nein, nicht persönlich. Du hast dich ja bis jetzt immer schön hinter deinen Nachrichten versteckt!“, blafft sie ihm entgegen. „Du siehst fantastisch aus? Klingelt's?“

Nummer 99 scheint nun tatsächlich verunsichert. „Vielleicht habe ich mich mit der Nummer vertan, ich weiß jetzt wirklich nicht, was das hier soll.“

„Mit der Nummer vertan?“ Mias Stimme kippt fast, so wütend macht sie diese fadenscheinige Ausrede. „Als du mich und Nina gebeten hast, uns unter dem Rettungsboot zu verstecken, da hast du dich also mit der Nummer vertan?“

Nummer 99 wirft einen verzweifelten Blick auf Steffi, die gebannt der Auseinandersetzung folgt. „Was soll ich geschrieben haben? Verstecken unter einem Rettungsboot? Du hast ja nicht mehr alle Latten am Zaun!“

Jetzt wird Mia etwas nervös. Seine Reaktion sieht ehrlich aus und irgendwie passt die ganze Situation so gar nicht zu dem, was Nummer 99 bis jetzt geschrieben hat. „Du bist doch die Nummer 99, oder?“ Sie verschränkt die Arme, doch ihre Selbstsicherheit schwindet im Sekundentakt.

„Nein, ich habe die 66. Ich hatte sie nur falsch angesteckt, siehst du?“ Als Beweis hält er seinen Anstecker hoch. Das Herz ist wirklich komplett verdreht, aber da die Zahl nicht exakt gerade aufgedruckt wurde, ist das nicht aufgefallen.

Mia lässt die Arme sinken.

Nummer 66 wirft ihr einen mitleidigen Blick zu. „Sorry, aber ich glaube, du hast mich da verwechselt.“

Steffi lächelt hämisch. „Könnten wir jetzt weiter essen? Ich gehe davon aus, dass sich dein ganzer Aufstand hier damit erledigt hat, oder?“ Sie nickt Richtung Aufzug.

„Das tut mir leid. Ich … ich dachte … Egal. Guten Appetit.“ Mia schleicht wie ein geprügelter Hund zum Aufzug. *Poh, bitte fahr zum Meeresgrund durch und lasst mich dort liegen! Gott, war das peinlich.*

Geisterstunde

Schnurstracks führt Mias Weg an die Bar. „Einen Caipirinha, bitte!“, ruft sie dem Kellner zu und schüttelt über sich den Kopf. *Und ein Loch, bitte. Wäre es nicht so unglaublich peinlich, könnte man ja glatt darüber lachen.* Der Kellner beginnt, ihr Getränk zuzubereiten. Noch sind nur wenige Menschen hier an Deck, da die Abendveranstaltung noch in vollem Gange ist, aber Mia verspürt nicht die geringste Lust, sich das Ende anzusehen.

Der Kellner stellt den Caipirinha vor Mia ab. Sie bedankt sich und nimmt einen großen Schluck. *Abhaken, Mia! Hätte nicht sein müssen, ist aber passiert. Hingefallen und weitermachen,* spricht sie sich in Gedanken Mut zu. Zumindest heißt das, dass für heute Abend noch alles offen ist. Es besteht noch die Chance, dass Nummer 99 hier tatsächlich um Mitternacht erscheint.

„Gefällt Ihnen das Abendprogramm nicht?“ Der Kellner poliert seine Gläser und sieht interessiert zu Mia hinüber.

„Doch doch …“, beeilt sie sich zu sagen, „… ich habe nur etwas frische Luft gebraucht.“ *Und ein Loch zum Verkriechen. Und das hier.* Sie nimmt einen weiteren Schluck.

„Wie hat Ihnen denn die Reise bis jetzt gefallen?“

Flirtet der oder ist ihm nur langweilig? „Echt gut!“ *Du bist aus der Übung, Mia.* Absolutes Klischee. Eine Frau stellt sich allein an die Bar, um zu reden. Sie betrinkt sich und der Barkeeper leiht ihr sein Ohr. Und später schleppt er sie dann ab.

Er wirft einen Blick auf die Uhr. „In zwanzig Minuten endet das Programm, dann wird es ganz schön voll hier.“ Er sieht sie erwartungsvoll an.

Und jetzt? Soll das heißen, dass ich über die Tresen springen soll, um noch schnell ein Nümmerchen mit dir zu schieben? Mia fühlt sich unwohl, weil sie nicht weiß, was er jetzt von ihr erwartet. „Gut, äh, dann bestell ich gleich den nächsten Caipi. Ach, gleich zwei Stück. Meine Freundin kommt auch gleich.“

Er lächelt enttäuscht. „Alles klar. Wird gemacht.“

Als er fünf Minuten später die Getränke vor Mia abstellt, klebt unter einem Glas seine Visitenkarte. Beiläufig steckt sie die Karte in ihre Handtasche. Sie würde sie später wegwerfen, wenn er es nicht sieht. Mit dem Barkeeper sollte man es sich vielleicht nicht unbedingt verscherzen.

Mia hat bereits den zweiten Caipirinha geleert, als die anderen Gäste an Deck strömen. Die Musik wird lauter gedreht und um Mia herum drängen sich Menschen an die Bar, um Getränke zu ordern.

Da sieht Mia Nina, die sich mit besorgtem Gesichtsausdruck zu ihr hindurch kämpft. „Da bist du ja!“, stößt Nina atemlos hervor. „Was ist denn passiert?“

„Och, das willst du gar nicht wissen.“ Mia grinst und winkt ab. Die zwei Caipirinha zeigen Wirkung.

„Bist du betrunken?“, fragt Nina überrascht. „Was war denn los?“

Mia nimmt nun einen Schluck aus dem Caipi, der eigentlich für Nina gedacht ist. „Ich habe mich zum Affen gemacht. Das ist los.“ Sie zuckt mit den Schultern. „Ich habe ihn ziemlich wütend zur Rede gestellt, nur ist er gar nicht die Nummer 99.“

„Ist er nicht?“, wiederholt Nina langsam.

„Nein. Nummer 66“, erwidert Mia trocken und nimmt einen weiteren Schluck. „Der Anstecker war verdreht und die Nummer nicht ordentlich gedruckt – und schwupps …“, sie kichert, „… habe ich mich zum Affen gemacht.“ Sie verdreht die Augen. „Du hättest dabei sein müssen. Wie die mich angestarrt haben, als ob ich eine entflohene Irre wäre.“

„Das ist, äh, blöd gelaufen.“

„Jep.“

„Hm. Gut, das ist nicht optimal gelaufen, aber wenn um zwölf eventuell die richtige Nummer 99 auftaucht, dann solltest du ihm vielleicht nicht entgegenfallen, hm?“ Nina nimmt Mia das Glas aus der Hand. „Du wirst jetzt erst mal trocken gelegt. Wir haben …“, sie sieht auf ihre Uhr, „… noch zweieinhalb Stunden bis Mitternacht.“

Mia zieht eine Schnute, fügt sich aber.

„Komm, wir tanzen eine Runde. Dann fühlst du dich bestimmt gleich besser!“ Nina gibt dem Barkeeper ein Zeichen und dieser verstaut ihre Habseligkeiten hinter der Bar.

Mia rutscht lustlos vom Hocker. *Einen Affentanz müsste ich ja hinbekommen.*

Dieses Mal findet Mia schneller ihren Rhythmus, aber sie muss neidlos anerkennen, dass sich Nina um einiges besser zur Musik bewegen kann als sie. Plötzlich schallt ‚Atemlos‘ aus den Lautsprechern. Mia hat dieses Lied noch nie leiden können, doch mit dem Alkohol im Blut eröffnen sich ihr ganz neue Möglichkeiten. Sie fängt an, jede Textzeile zu performen. Sie schlendert über die Bühne, schließt die Augen und schmeißt Küsschen in die Luft. Dann zeigt sie auf Nina und tippt sich auf die imaginäre Armbanduhr und nickt. Dem Erstickungstod nahe, greift sie sich an die Kehle, taumelt über die Tanzfläche und zeigt auf ihr Herz.

Nina lacht Tränen und die umliegenden Tänzer bilden einen Kreis um Mia, um sie anzufeuern.

Mia fegt über die Bühne und bezieht sogar ihr Publikum in die Darbietung mit ein. Als das Lied zu Ende ist, erntet sie Applaus und Pfiffe. Sie verbeugt sich tief und macht einen Knicks.

„Das war klasse!“, japst Nina.

Und plötzlich steht Dave neben Nina und sagt ihr etwas ins Ohr. Mia erstarrt und das Blut rauscht durch ihre Ohren. *Der hat vielleicht Nerven!* Mia baut sich auf, doch Nina gibt ihr ein Zeichen, dass alles in Ordnung ist.

„Ich komme gleich wieder“, raunt sie in Mias Ohr und folgt Dave durch die tanzende Menge.

Wie versteinert steht Mia da und sieht den beiden nach. Die Lust zu tanzen ist ihr vergangen.

Als sie ein Mann antanzt, schüttelt sie nur den Kopf und geht zurück an die Bar.

Der Barkeeper gibt ihr das Getränk und ihre Handtasche. Mia wirft einen Blick auf die Uhr, die an der Rückwand der Bar angebracht ist. Halb elf. *Spätestens um elf ziehe ich los und suche die beiden. Und wenn Nina weint, dann schmeiß ich diesen Arsch über die Reling.*

„Warum guckst du denn so finster drein? Da kriegt man ja fast Angst!“ Ein Mann hat sich neben ihr an die Bar gestellt.

Sie sieht ihn an. „Ich war in Gedanken“, entschuldigt sich Mia.

„Du hast toll getanzt!“, lobt er sie.

„Danke“, antwortet sie beiläufig und sucht das Deck ab. *Wo waren die beiden bloß hin verschwunden?*

„Na dann, vielleicht bis später.“

„Hmm“, brummt Mia und bekommt gar nicht mehr mit, wie der Mann sich einen anderen Platz an der Bar sucht.

Nervös nippt sie an ihrem Getränk. *Wo bleibt sie denn?* Sie wirft einen erneuten Blick auf die Uhr. Erst zehn Minuten sind vergangen. *Ich hätte sie nicht gehen lassen sollen!,* schimpft sie mit sich.

Da sieht sie das Gesicht von Nina am Rand der Tanzfläche auftauchen. Von Dave weit und breit keine Spur. *Mann über Bord! Pssst.* Mia sucht Ninas Gesicht nach Anzeichen von Tränen ab, kann aber keine erkennen. Sie sieht zwar ernst drein, macht aber einen stabilen Eindruck. Mia setzt sich kerzengerade auf und winkt ihr wild zu.

Nina sucht zuerst die Tanzfläche ab, dann sieht sie Mia an der Bar und steuert auf sie zu.

„Brauchst du ein Alibi?“, fragt Mia sorgenvoll.

Lächelnd schüttelt Nina den Kopf.

„Alles gut bei dir?“

„Irgendwie schon.“ Nina sieht durcheinander aus. Sie bestellt sich auch einen Caipirinha und setzt sich auf den Barhocker. „Du wirst es nicht glauben, aber er hat sich eben bei mir entschuldigt!“ Sie wirkt, als hätte er ihr gerade gestanden, in seinem früheren Leben eine Frau gewesen zu sein.

„Hat er das …“, antwortet Mia gedehnt. *Vielleicht ist ihm tatsächlich der Penis abgefallen, und er hat es mit der Angst zu tun bekommen.* „Und? Hast du seine Entschuldigung angenommen?“

„Hab ich.“ Nina dreht sich zu Mia. „Er hat was von Problemen in der Ehe gefaselt und so ein Zeugs, Ausreden eben. Aber durch dieses ganze fadenscheinige Gestöpsel ist mir aufgefallen, was für ein jämmerliches Würstchen er doch eigentlich ist. Und wie verblendet ich gewesen bin.“ Sie schüttelt den Kopf. „Und, ob du es glaubst oder nicht, er hat mir tatsächlich leidgetan.“ Sie zuckt mit den Schultern. „Wenn ich so drüber nachdenke: Ich habe mich überlegen und stark gefühlt.“ Sie grinst plötzlich. „Das war gut!“

„Na dann …“, Mia grinst zurück und hebt ihr Glas. „Auf uns!“

„Du solltest lieber was anderes trinken“, meint Nina, als die beiden angestoßen haben. „Hat er sich denn schon gemeldet?“

Mia zieht den Pager aus ihrer Tasche und überprüft noch einmal ihre Nachrichten. Enttäuscht schüttelt sie den Kopf. „Nein. Nichts.“ Sie steckt das Gerät zurück.

„Vielleicht hat er ja einen Hang zum Dramatischen und taucht einfach in der letzten Sekunde auf, hm?“, versucht Nina, ihre Freundin aufzumuntern.

„Ich habe irgendwie kein gutes Gefühl“, seufzt Mia. „Er hatte so viele Möglichkeiten und hat sie alle nicht genutzt. Er will irgendwie nicht. Warum auch immer.“

„Komm, wir zappeln deine schlechten Gedanken weg“, schlägt Nina vor und Mia lässt sich widerwillig mitziehen.

Um fünf vor zwölf setzen sich die beiden schwitzend an die Bar.

„Und? Hat er geschrieben?“ Nina sieht sie erwartungsvoll an, als Mia ihre Handtasche öffnet.

Mia zögert kurz und gibt ihr dann den Pager. „Sieh du nach!“ Sie beobachtet Ninas Mimik und seufzt dann. „Also nicht“, stellt sie fest.

Nina presst enttäuscht die Lippen aufeinander und gibt Mia den Pager zurück. „Dann vielleicht doch der dramatische Auftritt um zwölf?“

Beide starren schweigend auf die Uhr an der Wand. Unerträglich langsam rückt der Zeiger Stück für Stück Richtung zwölf.

Dann ist es so weit. Mia und Nina sehen sich an und drehen sich langsam um. Beide suchen die umstehenden Gäste ab, keiner trägt die Nummer 99. Bei jedem Mann, der sich der Bar nähert, schlägt Mias Herz schneller, doch die Nummer 99 ist nicht darunter. Enttäuscht lässt Mia die Schultern hängen.

„Vielleicht ist er aufgehalten worden? Schau doch mal, ob er was geschrieben hat!“, meint Nina hoffnungsvoll.

Lustlos zieht Mia den Pager aus der Tasche. „Er hat tatsächlich was geschrieben! Zwei Nachrichten!“ Aufgeregt ruft sie die erste Nachricht ab.

»Von 99: Du hast getanzt wie eine Elfe …Und selbst den Powackler hast du dieses Mal in deine Kür eingebaut. Volle Punktzahl. Deine Atemlos-Performance hat aber den

Ausschlag gegeben: Du bist für mich die beste Tänzerin auf Erden …«

Mia lächelt und öffnet die nächste Nachricht.

»Von 99: Ich sollte jetzt eigentlich neben dir stehen. Aber ich kann nicht. Es tut mir leid.«

Mias Lächeln erstirbt. „Er kommt nicht“, antwortet sie tonlos.

„Warum?“, fragt Nina verständnislos.

„Hat er nicht geschrieben. Er kann nicht.“ Mia zuckt hilflos mit den Schultern und lässt den Pager in ihre Tasche gleiten. Sie atmet tief durch und sieht Nina dann entschlossen an. „Ich gebe dieses Scheißding jetzt ab. Ich habe keinen Bock mehr.“ Sie gleitet von ihrem Hocker. „Bleib hier, ich bin gleich wieder da.“

„Was hast du denn vor?“, fragt Nina besorgt.

„Dieses blöde Ding abgeben und dann mit dir den letzten Abend genießen. Ich habe mich viel zu lange verarschen und runterziehen lassen. Es reicht!“ Wütend bahnt sich Mia den Weg Richtung Fahrstuhl. *Schreib doch, wem du willst! Mir jedenfalls nicht mehr.*

Mit aufgesetztem Lächeln legt Mia den Pager auf den Tresen der Rezeption.

„Gibt es ein Problem mit Ihrem Gerät?“, fragt die Dame höflich.

„Nein, ich möchte es nur zurückgeben.“ Mia schiebt es in ihre Richtung.

„Aber das müssen Sie jetzt noch nicht.“ Die Dame lächelt. „Erst morgen, wenn Sie das Schiff verlassen.“

„Ich will es aber jetzt abgeben“, antwortet Mia bestimmt. „Ich brauche es nicht mehr.“

„Das ist natürlich Ihre Entscheidung.“ Die Empfangsdame nimmt das Gerät mit erhobenen Augenbrauen entgegen. „Die Kaution wird dann auf Ihr Konto überwiesen.“

„Gut. Vielen Dank.“ Mia will gerade gehen, als sie es sich anders überlegt. „Könnte ich den Pager noch einmal kurz haben?“ Sie lächelt entschuldigend.

„Sie können ihn auch wieder mitnehmen.“

„Nein danke. Ich brauch ihn nur noch ganz kurz.“

»An 99: Ich dachte wirklich, dass du mehr Eier in der Hose hättest. Du brauchst mir nicht mehr zu schreiben, das war’s.« Senden. Mia legt den Pager wieder auf den Tresen und verabschiedet sich. Irgendwie fühlt sie sich befreit.

„Und?“ Nina sieht Mia skeptisch an, als sich die wieder neben ihr an die Bar setzt.

„Mission erfüllt und das blöde Teil abgegeben. Die Sache ist vorbei. Jetzt will ich einfach nur Spaß haben!“ Sie nickt bekräftigend und nimmt einen großen Schluck aus ihrem Glas. „Bereit, die Tanzfläche zu rocken?“

Nina strahlt. „Und wie!“

Erst um drei Uhr morgens verlassen die beiden Arm in Arm angeschäkert das Deck. Die Klamotten kleben an ihren

Körpern, die Schminke hat sich zum größten Teil verabschiedet, aber das tut der Laune keinen Abbruch.

„Ein würdiger Abschied!“, kichert Nina im Fahrstuhl.

„Naja, eher denkwürdig. Würdig sah das, was wir auf der Tanzfläche veranstaltet haben, glaube ich nicht aus!“ Mia lacht. „Ein toller Abend, echt! Aber jetzt freu ich mich einfach nur noch auf die Dusche und das Bett.“

„Ich auch. Meine Füße tun weh“, jammert Nina und schlüpft aus ihren hohen Schuhen.

„Puh“, Mia rümpft die Nase. „Du bist auf ein totes Tier getreten!“

Nina kichert und patscht nach Mia.

Der Aufzug hält an und die Glastüren öffnen sich. „Ich würde da nicht reingehen“, warnt Mia ein Paar, das nach ihnen in den Aufzug steigen will. Irritiert bleiben sie stehen und Nina und Mia laufen lachend davon.

„Bist du traurig?“, fragt Nina in die Dunkelheit.

„Ein wenig. Enttäuscht trifft es wohl eher. Irgendwie habe ich gedacht, dass das was ganz Besonderes ist. Ich habe mich wohl in was reingesteigert.“ Sie seufzt leise.

„Ich hätte es dir gewünscht“, murmelt Nina traurig.

„Ich weiß.“ Mia tastet nach Ninas Hand und drückt sie leicht. „Aber zumindest hat sich was entwickelt und das hatte ich schon lange nicht mehr. Ein gutes Gefühl, zu wissen, dass das noch geht. Und alleine deswegen hat es sich gelohnt.“

Abschied für immer?

Als Mia am Morgen aufwacht, hat sie ein flaues Gefühl im Magen. Sie streckt sich und sieht sich im Zimmer um. Verschwommene, aber mittlerweile doch irgendwie vertraute Umrisse. Sie seufzt leise. Und er ist nicht aufgetaucht.

„Morgen“, murmelt Nina.

„Letzter Tag“, antwortet Mia langsam. „Irgendwie echt schade. Ich meine, ich freu mich auf meine Mädels, auf meine Wohnung, mein Leben daheim … aber es war schon ein toller Urlaub.“

„Hmm“, brummt Nina zustimmend. „Und dank dir freu ich mich auch auf mein Zuhause. Ich hab total Lust, richtig loszulegen.“

Mia lächelt. „Und ich wollte anfangs nicht zu dir ins Zimmer!“ Sie zieht sich die Decke über den Kopf und kichert beschämt.

„Ehrlich? Warum?“

„Ich … manchmal bin ich einfach unmöglich. Lucy schimpft mich dann immer. Ich sehe zuerst alles Negative. Und meistens renn ich dann an der Stelle schon mit wehenden Fahnen davon. Das ist auch so eine Sache, an der ich an mir arbeiten muss.“

„Ich bin froh, dass du nicht davongerannt bist.“

„Ging ja dieses Mal nicht!“ Sie lacht. „Und das war auch gut so.“ Nachdenklich verschränkt Mia die Arme hinter ihrem Kopf. „Ich bin mir nicht sicher, ob mich die Nummer 99 blockiert hat. Irgendwie habe ich mich total auf ihn eingeschossen. Hätte ich das nicht, hätte ich vielleicht doch jemanden kennengelernt, wer weiß.“

„Dass er nicht aufgetaucht ist, tut mir echt leid. Ich hätte es dir gewünscht. Egal wer da gekommen wäre, aber du hättest zumindest gewusst, mit wem du es zu tun hattest.“

„Ja, das wäre gut gewesen. Selbst wenn daraus nichts geworden wäre. Aber dann hätte ich nicht das ‚was wäre wenn‘ im Kopf. Das ist echt ätzend.“

Nina wirft einen Blick auf ihre Uhr. „Wir sollten zum Frühstück gehen und dann packen. In nicht ganz zwei Stunden legen wir schon an.“

„Na dann …“ Mia schwingt sich aus dem Bett und geht ins Bad.

Bevor sie zum Frühstücken gehen, schickt sie noch eine Nachricht an Lucy, um sich zu vergewissern, dass diese sie auch am Hafen abholen wird.

Ein »Bis gleich!« lässt darauf schließen, dass Lucy gerade Auto fährt und nicht in der Lage ist, mehr zu tippen. Zufrieden legt Mia ihr Handy zurück in die Schublade. „Wir können!“ Ihr Magen brummt zustimmend.

Im Restaurant herrscht auch eine seltsam gedrückte Atmosphäre. Es ist nicht so quirlig wie sonst, auch nicht so laut. Ob das daran liegt, dass die meisten den gestrigen Abend noch einmal ordentlich gefeiert haben, oder ob es die Abschiedsstimmung ist, kann man nicht ausmachen.

„Ob die Paare, die sich hier gefunden haben, auch im richtigen Leben zusammenbleiben?“, sinniert Mia, während sie ihr Ei aufschlägt.

„Glaube nicht. Hier ist Urlaub ... alle haben frei, sind gut drauf. Im Alltag sieht das doch ganz anders aus. Noch dazu kommt ja dann die Entfernung. Das ist eher eine Zeit, um Spaß zu haben, nicht, um den Richtigen zu finden.“ Herzhaft beißt Nina in ihre Semmel.

„Das sagst du nur, weil wir keinen abbekommen haben!“, lacht Mia und boxt Nina freundschaftlich in die Seite.

„Wenn ich ehrlich bin, bin ich sogar ganz froh darüber. Dann hätte ich jetzt bald Liebeskummer und den Stress an der Backe, die Beziehung auch im richtigen Leben am Laufen zu halten. Nene. Ich konzentriere mich jetzt erst mal auf mich.“

„Hey, negativ denken ist mein Part!“ Mia nimmt den letzten Schluck Kaffee und legt das Messer auf den Teller. „Wir müssen los, wir haben nicht mehr ganz eine Stunde, dann wird das Gepäck abgeholt.“

„Na dann?“ Nina steht auf. „Tschüss, Restaurant!“ Sie winkt einmal in den Raum und schultert ihre Handtasche.

„Irgendwie vermehren sich Klamotten im Urlaub findest du nicht?“ Mia drückt mit beiden Handflächen auf die Anziehsachen in ihrem Koffer.

Nina, die gerade mit dem Reißverschluss kämpft, gibt ihr recht. „Aber mach deinen Koffer noch nicht zu, ich habe noch ein Geschenk für dich“, lächelt sie geheimnisvoll.

Erschrocken fährt Mia hoch. „Du hast mir aber nicht was gekauft, oder?“

Nina hält die Hände hinter ihrem Rücken versteckt und neigt den Kopf hin und her. „Nicht ganz. Irgendwie schon.“

Mia umrundet das Bett und bleibt vor Nina stehen.

Die holt strahlend ein Bild hinter ihrem Rücken hervor.

Mia schlägt die Hände vor den Mund und Tränen schießen ihr in die Augen. „Wie hast du denn das … und wann?“, stammelt sie ergriffen.

„Rosalia hat alles und was sie nicht hat, kann sie besorgen.“ Nina lächelt verlegen.

Mia nimmt das Kunstwerk und betrachtet es genauer. Nina hat mit den Linsen den ganzen Karton beklebt und nur in der Mitte einen Teil in Herzform freigelassen. In diesem prangt das Bild von ihnen beiden, das Nina vor dem Besuch auf Korfu an Deck geschossen hat. Auf der Rückseite stehen Ninas Adresse und Telefonnummer.

Mia umarmt ihre Freundin innig. „Dankeschön. Eins verspreche ich dir: Sollte ich jemals heiraten, dann musst du mich herrichten!“

„Mach ich. Versprochen.“ Auch Nina kullern nun ein paar Tränen über die Wange. „Jetzt müssen wir uns aber beeilen, in zehn Minuten wird das Gepäck abgeholt.

Mia wischt sich über das Gesicht und atmet tief durch. „Dann los!“

Mia kontrolliert gerade das Bad, während Nina die Schubladen im Schlafzimmer übernimmt.

„Also das Bad ist leer“, gibt Mia zu Protokoll. Da klopft es an der Tür. „Die holen bestimmt das Gepäck ab“, meint Mia und öffnet. Umso erstaunter ist sie, als Rosalia vor der Tür steht.

„Oh, ich habe mich noch gar nicht bei Ihnen bedankt!“, beeilt sich Mia zu sagen und bittet die alte Dame herein. Hastig zieht sie den Geldbeutel aus ihrer Handtasche und reicht Rosalie einen Zehn-Euro-Schein.

Doch Rosalia lächelt nur, schiebt Mias Hand sanft zurück und schüttelt den Kopf. „Rosalia wollte nur verabschieden von die liebe Frauen.“

„Das ist aber nett, dass Sie extra nochmal herkommen!“ Mia ist wirklich gerührt und auch Nina sieht nicht so aus, als habe sie mit der Putzfrau gerechnet.

Rosalia bleibt in der Mitte des Raumes stehen. „Ich Ihnen beiden wunschen großes Gluck auf Weg. Und in Liebe.“ Sie lächelt geheimnisvoll.

„Danke, wir wünschen Ihnen auch viel Glück und, äh, Gesundheit!“, antwortet Nina artig.

„In Ihne mehr Kraft stecken, als Sie denken. Nur nicht verlieren Glaube daran …“

Nina schluckt und nickt. „Danke.“

Der Glückskeks, da ist er wieder. Mia schmunzelt. *Berufung verfehlt.*

„Und Sie …“ Sie dreht sich zu Mia und deren Grinsen erstirbt. Sie nimmt Mias Hände und ein Lächeln umspielt ihre Augen. „Sie nicht traurig sein. Liebe kann schwimme …“ Sie zwinkert kurz, drückt Mias Hände und verlässt das Zimmer.

„Was war denn das?“, fragt Nina mit hochgezogenen Augenbrauen. „Liebe kann schwimmen?“

„Ein spanischer Glückkeks“, antwortet Mia sarkastisch. „Liebe kann auch Brücken bauen. Nun kann sie eben auch noch schwimmen.“ Lachend zuckt sie mit den Schultern.

Zwei Minuten später klopft es erneut und das Gepäck wird abgeholt.

Während sich das Schiff Venedig nähert, versammeln sich die Gäste an Deck. Jeder versucht, einen guten Platz an der Reling zu ergattern, um den Ausblick, der sich bietet, besser genießen zu können.

Auch das Kamerateam hat sich einen Platz erkämpft und filmt die Einfahrt in den Hafen. Mia wirft einen Blick auf den Tonmann Jacob, doch der nimmt keinerlei Notiz von ihr. Stoisch sind seine Augen geradeaus Richtung Venedig gerichtet.

Ziemlich launischer Kerl.

„Du rufst mich an, wenn du zuhause angekommen bist, ja?“ Nina stupst sie leicht an.

„Mach ich. Und dann kommst du mich bald besuchen. Du musst ja meine Mädels kennenlernen!“

Beide stehen ganz vorn am Bug und blicken nachdenklich auf die Stadt.

„Wenn ich jetzt noch ‚ich bin der König der Welt‘ brülle, dann ist es perfekt“, lächelt Nina tapfer und versucht, die traurige Stimmung zu überspielen.

„Es ist zwar ein Abschied, aber ja nicht für lange.“ Mia drückt Nina fest an ihre Schulter.

„Hast recht. Jetzt hatte ich es doch fast vergessen – wir sind ja nicht mehr negativ!“

„Sehr gut …“

Schweigend bleiben beide Arm in Arm an der Reling stehen und sehen zu, wie das Schiff im Hafen anlegt.

Kurz bevor Mia eine halbe Stunde später zu Lucy ins Auto steigt, sieht sie sich noch einmal um. Die MS-Love wirkt aus der Ferne wie ein Spielzeug. *Auf Wiedersehen, Nummer 99*, denkt Mia. *Auch wenn wir uns nicht getroffen haben, hast du mir zumindest gezeigt, dass es noch möglich ist. Ich kann mich verlieben. Und das alleine zählt.*

11 Tage danach

„Meinst du wirklich, dass sie mich mögen?“, unsicher betritt Nina hinter Mia das Jojos.

„Natürlich tun sie das!“, versucht Mia die nervöse Nina zu beruhigen. „Die sind alle total nett, glaube mir. Sonst wären wir nicht befreundet.“

„Hey, Mia! Nina!“, ruft Lucy, als sie die beiden entdeckt. Auch Pia und Franzi sind bereits da und stehen neugierig auf, um Mia und ihren Gast zu begrüßen.

„Du bist also Nina“, stellt Pia fest. „Mias Retterin auf hoher See.“

Nina lächelt verlegen. „Ich bin mir nicht sicher, wer da wen gerettet hat …“ Und zu ihrer großen Überraschung nimmt Pia sie fest in den Arm und drückt so fest, dass Ninas Wirbelsäule knackt.

„Lass sie leben!“, lacht Mia. „Wenn ich mal heirate, brauche ich sie noch.“

„Das ist ein Argument.“ Pia grinst breit und lässt von Nina ab.

Nachdem auch die anderen Mädels Nina herzlich begrüßt haben, setzten sich alle und Lucy hebt feierlich das Glas. „Wir freuen uns echt, dass du uns besuchst und du dich so tapfer durch Mias Schale durchgebissen hast. Wir wissen alle, was das für eine Leistung ist.“ Sie nickt Nina anerkennend zu.

„Hey!“, gespielt vorwurfsvoll knufft Mia Lucy in die Seite. „So schlimm bin ich auch nicht.“

„Nein, da hast du recht. Schlimmer.“ Lachend weicht Lucy dem nächsten Seitenhieb aus.

„Mia war echt toll“, versucht Nina, sie in Schutz zu nehmen. „Gerade als es mir nicht so gut ging.“ Sie räuspert sich verlegen.

„Meinst du deinen Vollrausch oder das wegen diesem Arsch von Promoter?“, fragt Pia geradeaus und erntet einen strafenden Blick von Lucy.

„Die Geschichte mit dem Rettungsboot …“, Franzi kichert verlegen und verstummt, als Lucy ihr Todesblicke zuwirft.

„Sagt mal, wo ist denn euer Feingefühl geblieben?“, zischt Lucy.

„Entschuldige, aber das sind meine besten Freundinnen.“ Mia zuckt bedauernd mit den Schultern. „Irgendwann sind die mir nachgelaufen, und seitdem werde ich sie nicht mehr los.“

„Das ist schon in Ordnung, ehrlich.“ Nina lächelt und nickt der knallroten Franzi zu. „Im Nachhinein konnte ich auch über vieles lachen. Mit etwas Abstand. Ich meine, da sitzen wir nachts unter dem Boot und haben keine Ahnung warum.“

Mia kichert. „Ja, wir haben uns beide nicht gerade mit Ruhm bekleckert – wenn ich da so an meinen Auftritt beim Dinner denke.“ Sie schreibt einen imaginären Schriftzug in die Luft. „Wie sprengt man ein Date.“

„Es ist doch trotzdem ziemlich ätzend, dass ihr beide keinen Mann gefunden habt, oder?“ Pia nimmt einen Schluck von ihrem Getränk. „Ich meine, da gibt man viel Geld aus und dann …“

Sie erntet unter dem Tisch einen Tritt von Lucy und verstummt. „Was?“ Fragend hebt sie ihre Hände.

„Kannst du einmal denken, bevor du sprichst?“, zischt Lucy wütend.

„Ich weiß nicht, was du hast …“, Pia schüttelt den Kopf und seufzt. „Ist doch wahr.“

Mia fällt plötzlich der Sonnenbrand ein. *Du solltest dich eincremen ... leuchtend wie eine Boje ... du siehst toll aus!* Mia schluckt. *Warum hast du mir so nett geschrieben? Hm? Was zum Teufel sollte das?* Sie atmet ein paar Mal tief durch und räuspert sich. *Reiß dich zusammen! Da war nichts und wird auch nichts sein. Vergiss ihn einfach!* „So was kann man eben nicht erzwingen“, stellt sie nüchtern fest.

Nina wirft Mia einen mitfühlenden Blick zu und auch Lucy sieht betreten drein. Nur Pia schüttelt immer noch verständnislos den Kopf.

„Du bleibst das ganze Wochenende, oder?“, versucht Franzi, das Thema zu wechseln, und wendet sich an Nina.

„Ja, ich teile mir mit Lucy die Übernachtungscouch“, nimmt Nina den Themenwechsel dankend an.

„Pass auf deine Schienbeine auf“, grummelt Pia und reibt sich unter dem Tisch ihr Bein.

Lucy beugt sich über den Tisch. „Reiß dich zusammen, Pia!“, raunt sie bedrohlich.

„Was ist denn los? Darf man nicht einmal seine Meinung sagen?“ Pia starrt Lucy über den Tisch hinweg herausfordernd an.

„Lass das Thema – das meine ich! Du mit dem Feingefühl eines Elefanten walzt einfach alles und jeden platt!“, faucht Lucy.

„Was habe ich denn bitte so Schlimmes gesagt?“ Fragend wendet sich Pia nun an Mia, die ihrem Blick aber ausweicht.

„Es tut Mia noch weh …“, wirft Nina vorsichtig ein.

„Jetzt im Ernst? Die Sache mit dem unbekannten Schreiberling, der die Eier nicht in der Ho…“ Der vernichtende Blick von Lucy lässt Pia verstummen.

„Ich dachte, das wäre rum …“, brummelt sie verlegen. „Ist in Ordnung. Das war mir nicht bewusst.“

Mia seufzt laut auf und strafft ihre Schultern. „Jetzt ist es gut. Er hatte seine Chancen und, warum auch immer, er hat sie nicht genutzt. Er wollte eben nicht, also war es nicht das, für was ich es gehalten habe! Punkt. Das Thema Nummer 99 wird hiermit offiziell ad acta gelegt, okay?“

Betretenes Schweigen und zustimmendes Nicken.

Jemand tippt Mia von hinten auf die Schulter. „Entschuldigung, kenne ich dich nicht irgendwoher?“

Als Mia sich umdreht, steht hinter ihr ein Mann und lächelt sie an.

Mia runzelt die Stirn und überlegt fieberhaft. Er kommt ihr tatsächlich bekannt vor. Nur woher? „Ähm …“

„Ich bin Luis. Wir hatten extrem kurz das Vergnügen. Beim Speeddating“, hilft er ihr auf die Sprünge und lacht über seinen Wortwitz.

„Hey, na klar, Luis!“, begrüßt ihn Mia. „Sorry nochmal für damals, ich war echt nicht gut drauf.“

„Kein Ding!“, beruhigt er sie.

Mia zeigt in die Runde. „Das ist Pia, Franzi, Nina und die hier, die kennst du ja. Lucy.“

Lucy lächelt ertappt und hebt kurz begrüßend die Hand.

„Setz dich doch zu uns!“, fordert Mia ihn auf und zieht einen noch freien Stuhl zwischen Nina und sich.

„Und, züchtest du noch Meerschweinchen?“, fragt Luis und grinst breit, nachdem er sich gesetzt hat.

„Du hast Meerschweinchen?“, fragt Franzi überrascht und Lucy verdreht die Augen und schüttelt verzweifelt den Kopf.

Es dauert ein paar Sekunden, bis Mia weiß, wovon er spricht. „Es tut mir so leid. Ich war echt ekelhaft zu dir. Aber ich wurde in einen Hinterhalt gelockt …“, sie wirft einen anklagenden Blick zu Lucy, „… und dementsprechend war auch meine Laune.“

Luis nickt lachend. „Das habe ich gemerkt. Aber immerhin … So ein Date hatte ich noch nie. Es war das einprägsamste an dem ganzen Abend.“ Er prostet zuerst ihr, dann den anderen Mädels in der Runde zu. „Und? Warst du noch mal bei einem Speeddating? Oder hast du auf dem Kleintiermarkt einen anderen Meerschweinchenzüchter kennengelernt?“ Er zwinkert schelmisch.

„Du wirst es nicht glauben …“, Mia lehnt sich zurück und verschränkt die Arme „… aber ich war auf einer Single-Kreuzfahrt durchs Mittelmeer.“

„Echt?“ Er nickt anerkennend. „Und? Wie war’s? Ich habe nämlich auch schon darüber nachgedacht.“

„Also einen Partner habe ich nicht gefunden, aber …“, Mia lächelt Nina liebevoll an, „ … eine wunderbare Freundin.“

Luis dreht sich zu Nina und nickt langsam. „Dann warst du auch auf der Kreuzfahrt? Und?“

Nina errötet leicht. „Ja. Ich habe mir mit Mia ein Zimmer geteilt. Der Urlaub war schon toll, aber um jemanden ernsthaft kennenzulernen wohl nicht das Richtige.“

„Warum?“, fragt Luis interessiert.

Nina wirft einen verlegenen Blick zu Mia. „Die meisten wollen nur Spaß haben. Urlaub und Party.“ Sie zuckt mit den Schultern.

„Vögeln“, gibt Pia trocken zu Protokoll und erntet wieder einen bösen Blick von Lucy.

„Ist doch so!“, zischt sie Lucy an. „Meinungsfreiheit wird an diesem Tisch ganz groß geschrieben!“, erklärt sie Luis beleidigt, der etwas fragend die Szene beobachtet.

„Im Grunde hat Pia recht“, greift Mia in die Auseinandersetzung ein. „Für die meisten ist das einfach nur die Möglichkeit, viele Singles kennenzulernen und Spaß zu haben. Echte Beziehungen entwickeln sich da eher nicht. Trotzdem war es eine interessante Erfahrung.“

„Und jetzt bist du hier auf Besuch?“, Luis hat sich bereits wieder Nina zugewendet.

„Das Wochenende, ja. Ich übernachte bei Mia.“ Nina lächelt.

„Oh, das ist gut“, findet Luis und dreht sich nun komplett zu Nina. „Vielleicht treffen wir uns ja mal. Weißt du, was du dir unbedingt ansehen musst? Also …“ Er beginnt, von den Vorzügen der Stadt zu erzählen. Nina lauscht aufmerksam.

Mia zieht die Augenbrauen hoch und wirft einen fragenden Blick in die Runde. Auch Lucy und Pia scheinen das Gleiche zu denken, nur Franzi nicht. Die sieht fragend zurück. Mia nickt unauffällig Richtung Nina und Luis. Franzi zuckt hilflos mit den Schultern.

Erst als sich Lucy erbarmt und ihr etwas ins Ohr flüstert, begreift es auch Franzi und sie lächelt verzückt. *Läuft* ...

Luis bleibt den ganzen Abend an ihrem Tisch sitzen.

Du hast ... nein, du!

Es ist spät, als sich die Runde auflöst. Franzi und Pia verabschieden sich und gehen in verschiedene Richtungen nach Hause. Nina wechselt noch ein paar Worte mit Luis. Dann geht auch er, nicht ohne sich noch einmal umzudrehen.

„Und?“, fragt Lucy geradeheraus. „Hast du seine Nummer?“

„Ja, und wir treffen uns bald wieder!“ Nina klatscht aufgeregt in die Hände und strahlt. „Luis ist ja unglaublich süß! Wir haben uns so gut unterhalten“, schwärmt sie mit einem breiten Grinsen im Gesicht.

„Ist uns fast nicht aufgefallen“, kommentiert Mia trocken, während sie losgeht. „Neben euch hätte eine Bombe explodieren können, und ihr hättet das nicht gemerkt.“

„Bist du sauer?“ Erschrocken reißt Nina die Augen auf. „Ich … Ich meine … also wenn …“, stottert sie panisch.

„Um Gottes willen, nein!“ Mia lacht laut auf. „Das ist großartig! Ich freue mich für dich. Und sogar für Luis. Das ist echt ein netter Kerl …“

„Ja, der hat auch ein wenig Glück verdient, nach dem Date mit Mia …“, Lucy gibt Mia einen freundschaftlichen Schubs. „Der hatte bestimmt Albträume. Von Stricknadeln und Meerschweinchen!“

Mia grinst. „Das ist das Speeddatingrisiko.“

„Stricknadeln?“, wundert sich Nina.

Lucy erzählt ihr von dem Datingdesaster und ahmt dabei sowohl Mia als auch Luis nach.

Als die drei Frauen schließlich kichernd vor Mias Wohnung im Flur stehen, öffnet sich die Tür der Nachbarwohnung. Frau Daring steckt den Kopf in den Flur.

„Ah, Frau Lockner, da sind Sie ja.“

„Entschuldigen Sie“, Mia hält sich schuldbewusst die Hand vor den Mund. „Waren wir zu laut?“

Die alte Dame lächelt. „Mein Mann schläft wie ein Toter, und ich bin gezwungenermaßen eine kleine Nachteule.“ Sie zeigt auf ihre Beine. „Gelenkschmerzen.“

Die Mädels nicken mitfühlend.

„Aber deswegen störe ich Sie nicht. Warten Sie …“ Sie verschwindet in ihrer Wohnung und kehrt nach ein paar Sekunden zurück. „Gerade als Sie das Haus verlassen haben, kam der Postbote und hat das hier für Sie bei mir abgegeben.“ Sie hält Mia einen kleinen, braunen Umschlag hin.

Mia nimmt ihn entgegen, dreht ihn um, entdeckt aber keinen Absender.

„Ähm, Dankeschön. Wir versuchen ab jetzt, leiser zu sein.“

„Ach, kein Problem.“ Die alte Nachbarin verabschiedet sich lächelnd und verschwindet in ihrer Wohnung.

„Und, was ist drin?“, fragt Lucy neugierig, als sich die Mädels im Wohnzimmer auf die Couch setzen. „Mach auf!“

„Ja, mach schon auf!“ Nina rückt näher an Mia, die skeptisch mit dem Finger eine Seite des Umschlages aufreißt. Sie zieht eine DVD heraus und untersucht den Umschlag auf weiteren Inhalt. Nichts. Kein Absender. Kein Brief, kein Zettel.

„Ist nichts weiter drin?“, fragt Lucy überrascht und Mia schüttelt den Kopf.

Lucy schnappt sich den Umschlag und hält ihn gegen das Licht, dann riecht sie am Papier.

„Was machst du denn?“, fragt Mia irritiert.

„Na vielleicht erscheint eine geheime Botschaft“, versucht sich Lucy zu rechtfertigen und gibt den Umschlag an Nina weiter, die ebenfalls die Hand hinein steckt, um nach weiterem Inhalt zu tasten.

„Also Fingerabdrücke sind jetzt nur noch von uns drauf, falls du auf der DVD nackt unter der Dusche rumspringst und wir das der Polizei melden müssen“, stellt Lucy trocken fest.

Mia reißt entsetzt die Augen auf und Lucy kichert vor sich hin. „Jetzt sei nicht so ein Angsthase!

„Nichts“, stellt nun auch Nina fest und legt den Umschlag auf den Tisch.

Mia dreht die silberglänzende Scheibe unschlüssig hin und her. „Wer schickt mir denn einfach nur eine DVD? Ohne einen Hinweis? Das ist doch komisch.“ Misstrauisch beäugt Mia das Geschenk. „Vielleicht ist es ein Erpresservideo oder so. Oder ein Porno.“ Mit spitzen Fingern legt sie die DVD auf den Tisch.

„Ach Blödsinn“, winkt Lucy ab. „Was du schon wieder denkst! Aber komisch ist es schon. Hm. Vielleicht von deinen Eltern? Ein Urlaubsvideo?“ Sie klingt wenig überzeugt.

Mia schüttelt den Kopf. „Meine Eltern hätten mir doch irgendwas dazu geschrieben. Oder vorher angerufen.“

„Gut, dann sehen wir sie uns jetzt zusammen an. Sollte es irgendwas Komisches sein, hast du uns als Zeugen.“ Lucy nickt auffordernd und schiebt die DVD zu Mia. „Komm, leg sie ein!“

Keine Minute später geht Mia mit der Fernbedienung in der Hand rückwärts zur Couch und stellt die Lautstärke höher. „Gleich werden wir es wissen.“

Nervös quetscht sie sich zwischen ihre beiden Freundinnen und starrt gebannt auf den schwarzen Bildschirm. Ruhige Musik ertönt und plötzlich erscheint Mias Gesicht über den ganzen Bildschirm ihres Fernsehers. Sie lässt sich gerade erklären, was sie wo und wann im Pool zu tun hat. Im Hintergrund steht dieser Arsch von Produzent. Dann die Szene, als Mia aus dem Wasser auftaucht und blinzelnd versucht, den Strohhalm zu finden. Lucy lacht laut auf. Das Wasser läuft aus Mias Nase und im Hintergrund hört man, wie der Regisseur noch ‚Schnitt!‘ brüllt. Nina kichert vor sich hin und Lucy wiehert vor Lachen. Dann eine Einstellung, bei der Mia dem Produzenten heimlich die Zunge rausstreckt. Mia errötet und schlägt dann mit einem Kissen nach Lucy, die mittlerweile mit Tränen in den Augen fast von der Couch rutscht. Dann kurze Bildausschnitte – Mia auf der Mauer, an der Reling, im Pool … *Wer zum Teufel hat mich da fotografiert?* Wie gebannt starrt sie auf den Bildschirm, als plötzlich ein brauner Lockenkopf erscheint.

Lucy pfeift durch die Zähne. „Was ist das denn für ein leckeres Schnittchen?“

„Das … das ist Jacob!“, stammelt Mia aufgeregt und patscht Nina auf den Oberschenkel.

„Das ist Ja…?“, fragt Lucy mit immer größer werdenden Augen.

„Jaja, psssst, seid ruhig!“ Mia ist mittlerweile von der Couch gerutscht und sitzt auf Knien vor dem Fernseher.

„Also zuallererst …“, Jacob sieht zerknirscht drein, „… ich bin weder blond noch blauäugig, ich bin auch kein Muskelpaket und groß bin ich auch nicht. 1.73 Meter. Und reich bin ich auch nicht. Wenn du es genau wissen willst, habe ich gerade 632 Euro auf meinem Konto.“

„Ach Scheiße!“, entfährt es Nina, die sich schuldbewusst die Decke über den Kopf zieht.

„Aber …“, er unterbricht kurz und fährt sich verlegen durch seine Haare, „… ich meine, ich hätte dich schon ansprechen können, aber … aber irgendwie hat es sich nicht ergeben. Immer kam irgendwas oder irgendwer dazwischen. Du hast dich mit anderen Kerlen verabredet, oder bist sogar mit ihnen verschwunden. Ich weiß immer noch nicht, was ich davon halten soll.“ Verzweifelt zuckt er mit den Schultern. „Ich meine, ich … also wir … wir haben so nett geschrieben, und vielleicht kannst du ja mal eine Ausnahme machen? Ich dachte mir, dass es auf diesem Weg leichter für mich ist. Wenn du nicht willst, dann höre ich einfach nichts von dir. Aber ich hätte es nicht ertragen, wenn ich dich dabei gesehen hätte.“ Er seufzt. „Also gut, Mia Lockner. Ich habe meine Stalkerqualiäten wieder einmal unter Beweis gestellt und deine Adresse rausbekommen. Jetzt würde ich mich freuen, wenn du mich stalkst.“ Er lächelt schief. „Um es dir zu erleichtern: Hier sind alle Angaben, die ein Anfänger so zum Stalken braucht.“ Mit einem Grinsen hebt er ein selbstbeschriftetes Schild hoch, auf dem seine Adresse, E-Mail und Handynummer stehen. „Ach, und ich möchte NICHT, dass du dich meldest.“ Er wirft einen ernsten Blick in die Kamera. Dann wird der Bildschirm schwarz, aber sofort flackert das Bild erneut auf. „Also ich meine, das war ein Witz, weil du generell nicht magst, wenn dir jemand sagt, was du tun sollst. Glaube ich. Nicht, dass du das jetzt falsch verstehst und dich deswegen nicht meldest. Ich, äh … ja. Jetzt aber.“ Er atmet tief durch und das Bild wird wieder schwarz. Dieses Mal bleibt es das auch.

„Hätte ich das gewusst“, stammelt Nina schuldbewusst.

Mia, die mittlerweile fast mit der Nasenspitze am Bildschirm hängt, dreht sich langsam zu ihren Freundinnen um. Lucy sitzt mit verzücktem Gesichtsausdruck auf der Couch und lächelt Mia an, während Nina fassungslos den Kopf schüttelt.

„Hier!“ Lucy hält Mia ihr Handy entgegen. „Nummer hab ich schon eingetippt. Ruf ihn an!“

Mia nickt stumm, dann umarmt sie glücklich ihre beiden Freundinnen und erst jetzt merkt sie, dass sie weint.

„Nun mach schon! Erlös den armen Kerl!“, fordert sie Lucy auf. „Wir gehen mal in die Küche und, äh, kochen, oder so. Schnapp ihn dir, Tiger!“ Sie drückt Mia nochmal fest und verschwindet dann mit Nina in der Küche.

Mia starrt auf das Handy und die Nummer. Ein Glücksgefühl schwappt durch ihren ganzen Körper. Sie zittert, als sie auf „wählen“ drückt.

Er geht sofort ran. „Hallo.“

Beim Klang seiner Stimme bekommt Mia eine Gänsehaut und umklammert das Telefon.

„Hallo?“

Mias Mund öffnet sich, aber es kommt nichts heraus.

„Wer ist denn dran?“, erkundigt er sich ungeduldig.

„Warum hast du mich auf dem Schiff so hängen lassen?“, fragt sie leise.

„Mia?“

Sie schluckt. „Warum? Hm? Ich habe bis zum Schluss auf dich gewartet.“

Einen Moment herrscht Stille. Mia fürchtet schon, dass er aufgelegt hat, doch dann sagt Jacob: „Du hast es mir echt nicht leicht gemacht …“ Er seufzt.

„Ich?“ Mia setzt sich kerzengerade auf. *Jetzt schlägt's aber dreizehn!* „Warum hast du mich denn nie angesprochen? Es gab doch genügend Gelegenheiten!“

„Also erst mal war ich beruflich auf diesem Schiff, so viel Zeit hatte ich nicht. Und du … ich meine, du hast mich immer wieder echt verarscht!“

„Was habe ich?“ Mia sieht den Hörer an, als ob das Gerät kaputt ist.

„Na du willst dich mit mir an der Bar treffen, und vor meinen Augen verschwindest du mit einem anderen Mann Richtung Zimmer. Ich meine … was sollte ich denn davon halten, Mia?“

Mia blinzelt irritiert und durchforstet ihre Erinnerungen. *Anderer Mann? Zimmer? Ach ja!* „Da habe ich meine Kontaktlinse verloren und er hat mich zum Zimmer begleitet …“, versucht sie sich zu erklären.

„Ahhh, okay …“, antwortet er gedehnt, „… jetzt macht auch die eine Nachricht Sinn… und warum du mich in Korfu nicht eines Blickes gewürdigt hast.“ Er atmet tief aus. „Und was war an dem Spieleabend? Du verabredest dich mit mir und tauchst dann mit einem anderen Mann dort auf! Ich meine … was soll denn das?“

Spieleabend. Anderer Mann. Mias Gehirn arbeitet auf Hochtouren. „Meinst du den Abend, an dem sie dieses ‚Begriffe erraten‘ veranstaltet haben?“ *Und du nicht auf die Bühne gekommen bist?*

„Ja. Ich musste zwar arbeiten, aber ich war pünktlich am Eingang! Und du triffst dich dort vor meinen Augen mit Mister Wohlerzogen. Und dann rauscht ihr zu einem Candle-Light-Dinner ab!“

Mias Blut schießt ihr ins Gesicht. „Also erst mal wusste ich nicht, ob ER die Nummer 99 ist. Deswegen habe ich auch auf der Bühne nach der Nummer 99 gefragt! Aber du hast dich ja nicht zu erkennen gegeben! Und dann kam er plötzlich auf die Bühne … und ich … ich dachte, er wäre du!“, blafft sie wütend ins Telefon. „Andauernd habe ich versucht herauszufinden, wer die Nummer 99 ist! Ich habe sogar ein Dinner gesprengt, weil der Kerl seine Nummer verkehrt herum trug! Weißt du, wie peinlich das war?“ Ihre Stimme ist mit jedem Satz lauter geworden.

Wieder einen Augenblick lang Stille.

„Und warum hast du mir deine ‚So muss er sein‘-Liste geschickt?“ Er klingt geknickt. „Ich erfülle nicht einen verdammten Punkt, Mia.“

„Das … das war Nina.“ Mia seufzt. „Sie war sich sicher, dass du … dass du unattraktiv bist, und dich deswegen nicht sehen lässt. Sie wollte das Ganze abkürzen.“

„Aha“. Er atmet tief durch. „Und?“, fragt er vorsichtig.

„Was und?“

„Bin ich in deinen Augen unattraktiv?“

Mia grinst verlegen. Jacob joggt gerade mit nacktem Oberkörper auf dem Laufband durch ihren Kopf. „Nein … gar nicht. Ich fand dich von Anfang an toll … Nur hast du mich immer wieder mit deiner abweisenden Art verunsichert. Ich dachte … ich dachte einfach, du magst mich nicht.“ Sie seufzt erneut.

„Ich …“, seine Stimme bricht ab. „ … ich finde dich großartig“, fügt er leise hinzu.

In Mias Bauch tanzt ein Schwarm Schmetterlinge Riverdance.

„Ich würde dich gern kennenlernen, Mia“, sagt er sanft. Dann räuspert er sich lautstark. „Hätten Sie das nächste Wochenende vielleicht Zeit, mich zu besuchen, Frau Lockner? Ich bin ein unglaublich charmanter Stadtführer und ich habe Verbindungen ins Show-Business. Ich könnte Sie ganz groß rausbringen.“

Sie kann hören, wie er lächelt, und ein warmer Schauer rieselt durch ihren Körper. „Also gut. Sie haben mich überzeugt. Aber ich möchte es aufgrund meines Talentes ganz an die Spitze schaffen. Ich habe nicht vor, mir den Erfolg zu erschlafen!“ Sie kichert.

„Schade eigentlich … aber gut.“ Stille.

Sie kann ihn atmen hören. Gespannt presst Mia ihr Handy ans Ohr und lauscht.

„Das wird etwas ganz Großes, Frau Lockner“, flüstert er.

„Ich weiß“, erwidert sie und lächelt.

- Ende -

Ich möchte „Danke" sagen:

Danke an meine großartige Familie (die mich immer unterstützt).

Danke an meinen Sohn (der die Pubertät hoffentlich überspringt).

Danke an meine Lektorin (die unglaublich tapfer ist).

Danke an meinen Verleger (der – blauäugigerweise – immer an mich geglaubt hat).

Danke an meine Freunde (die mich mögen wie ich bin).

Danke für das tolle Feedback aller Leser der „Telefonseelsorge" (das war Balsam für die Seele).

Und Danke natürlich auch an Sie, meine lieben Leser, dass Sie Mia bis zum Ende der Geschichte Ihre Aufmerksamkeit geschenkt haben. Wenn Ihnen das Gelesene gefallen hat, freue ich mich riesig über Ihr Feedback zum Buch in einem Online-Buchshop. DANKE auch dafür!

Mehr zur Autorin finden Sie auf
www.facebook.com/lots.emma/ und
www.feuerwerkeverlag.de/lots/

Abonnieren Sie auch unseren Verlags- und Autoren-Newsletter und erfahren Sie so als Erster von unseren **Neuerscheinungen**, **Autorennews** und exklusiven **Buch-Gewinnspielen**: www.feuerwerkeverlag.de/newsletter/

Unser gesamtes Verlagsprogramm finden Sie unter
www.FeuerWerkeVerlag.de

FEUER WERKE VERLAG

Weitere Bücher des Verlages:

Telefonseelsorge – Liebe hat eine lange Leitung

Emma Lots

ISBN: 978-3-945362-09-9

Jessies Leben verläuft so gar nicht wie geplant. Statt beruflich an der Seite ihres Freundes durchzustarten und die Familienplanung voranzutreiben, arbeitet sie als schlecht bezahlte Praktikantin in einer Werbeagentur, wohnt in einem winzigen Loch und wird auch noch von ihrem Freund betrogen.

Was tun, wenn man sich von der Familie und den Freunden ein „Das hab ich dir doch gleich gesagt!" nicht anhören will? Genau! Man wählt nachts betrunken einfach irgendeine Nummer und heult sich aus. Dumm nur, wenn man dabei gar nicht die Telefonseelsorge sondern einen fremden Mann an die Leitung bekommt, der überraschenderweise auch noch ein paar wirklich kluge Ratschläge zu haben scheint…

Wie ich aus Versehen eine Bank ausraubte

Simon Bartsch

ISBN: 978-3-945362-06-8

Jan ist verliebt in Laura. Ein Teufelsweib! Sie macht die lustigsten Grimassen, schreit die tollsten Ausdrücke und mit ihr kann man einfach Pferde stehlen gehen. Und Geld. Denn mit der jungen Frau raubt Jan „unfreiwillig“ eine Bank aus. Unfreiwillig, weil Laura unter dem Tourette-Syndrom leidet und manchmal Worte ausstößt, die sie weder so meint noch kontrollieren kann. Doch der manchmal leicht begriffsstutzige Jan liebt sie gerade dafür.

Vergiss nicht, dass wir uns lieben

Barbara Leciejewski

ISBN: 978-3-945362-13-68

Ohne die geringste Erinnerung an ihre Vergangenheit oder Identität treffen Paula und Johannes aufeinander - im einzigen Haus einer wunderschönen, aber menschenleeren Gegend am Meer. Sie sind einander fremd, aber auf irgendeine Weise auch unendlich vertraut. Aus Angst, Unsicherheit und Verzweiflung wird innerhalb weniger Tage Liebe – eine unerklärliche Liebe. Doch was geschieht, wenn eines Tages alle Rätsel gelöst werden, wenn die Vergangenheit zurückkehrt und wenn nur noch eine einzige Frage bleibt: Wie stark ist die Macht der Liebe wirklich?

Der Himmel über München

Katharina Lankers

ISBN: 978-3-945362-15-0

Wie purer Zufall sieht es aus, als Simon und Theresa sich über den Weg laufen. Nicht im Traum wären sie darauf gekommen, dass ihre Begegnungen von zwei Schutzengeln arrangiert werden! Diesen bereitet es nämlich ein himmlisches Vergnügen, für ihre Schützlinge ein wenig Schicksal in Liebesdingen zu spielen - bis heraus kommt, dass eigentlich ganz andere Wege für Simon und Theresa vorbestimmt sind...

Konkurrierende Ziele im Himmel und widersprüchliche Gefühle auf Erden – eine ganz normale Liebesgeschichte?